U0937094

吴川是个
黄女孩

[美] 严歌苓 / 著

天津出版传媒集团
天津人民出版社

CONTENTS

吴川是个黄女孩

╱

人对糜烂的东西可以好奇，但不必亲自去一一经历。

有个人想我。说是想得紧，想得不可终日。就在这个曾经屠宰业昌盛、血流成河，叫作芝加哥的大都市，走着一个想见我的人。唯恐天下不乱吗？关于芝加哥，丑闻已经够多。关于我的丑闻，也够多了。只是都很好地保存在我和另外一群人之间。用间谍术语，我和他们每个人是单线联系。因此无论丑闻怎样惊世骇俗，对方和我一样密藏。芝加哥雄性勃然的高楼，某一幢里住着一个想见我的人。故事从此就要不一样了吗？

想我的都是什么东西呢？是洗得干干净净、喷过古龙水、精心剃了须的雄性肉体，在白色浴巾下，摊得新鲜平整。先是口舌和口舌的假话交流：好吗？——好极了，你呢？ ——好得不能再好。——上次做完感受不错？ ——超级棒！——我们开始？——当然。雌性肉体偶然也有，坦率买卖，我卖的是力气，她们买的是伺候。现在有了个想我想得要死的人，把我每天干五六遍的这桩事叫做“按摩”，我假模假式穿一身苹果绿和尚服，伪装之下的这个职业就给叫成了“按摩师”。伪装之下还有别的，男人们要这双玉手去宠惯他们一下。这时事情更简单，我和他都在局外，是这只纤纤秀手和那个器官之间的相处。完了事，我和他的关系毫无进展也毫无恶化。这是想我的那个人有所不知的。

我像个人一样走到街上，想着这个想见我的人。

信都在我的皮包里。皮包比别人的行李还重，就因为它必须盛装许多污七八糟的东西，比如信、账单、化妆盒、日记本。信是最重的一部分，信的啰嗦都是关于一件事：请求我去看这个想我的人。因为信如此的啰嗦，我越来越冷下心来。

写信的人在香港，叫做黎若纳，今年差三个月六十岁。是这样，黎若纳在二十六年前把一场狗男女关系纠正过来，第二次为人妻，什么也没带就走了。她带的东西只有几个相框和一个相簿，她连自制的内裤也没带。她落下的东西很多：金项链、旧皮鞋、一大堆丝绸缝的旧内裤，我。于是，我知道我和旧内裤一样不值当她带走。旧内裤和我都是她另一段私生活的证据。

我的外婆问七岁的我："黎若纳是谁？"直到有一天她问完后我反问："黎若纳是谁？"她才放心，不再问了。这年我九岁。肃清黎若纳留下的记忆和影响，外婆觉得是她一生中最成功的业绩。她就像子宫里从来没住过那个女胎儿，两腿间从来没钻出那个带一大堆黑胎发的标致女婴似的，再也不说、不骂、不伤心了。除了她看见我身上的烧伤疤痕，看见我跟在别人母亲后面学织毛线、擀饺子皮，她会把我拖到一边，搂一会儿，手在我背上或者头上细碎地打着，脱口出来一句："毒啊。"她指什么，你马上明白了。她一直在想什么，你也明白了。

如果不走运，一个星期会收到黎若纳三封信。如此的没用，我还会拆开它们，一个字一个字地让黎若纳尽情啰嗦。这些字外婆看都不看就会说："臭不要脸。"她说："不要那样笑，就和臭不要脸的一式一样！"她说："再敢那样走路——黎若纳就像你这样走的，走到哪，现世到哪！"

我从此不能真笑，不能用真嗓音说话，不然黎若纳就得逞了，在我身上得到了永生。谁有这样的牙齿、头发、嘴角、眼神呢？它们是黎若纳的，它们要风流地顾盼、搔首弄姿，你说我拿它们怎么办？七岁的我唱了首什么歌，一句词说："天下无敌！"外婆说："想得美，谁无敌你也有敌。你的敌人叫黎若纳。"我走在芝加哥一家花旗银行门口，体内附着这样一个大敌黎若纳。银行已关门。没有关系，我习惯什么都对我关上门。我的脸在自动存取款机的镜子里出现了，这个光线里谁都是丑闻中的人物。手还年轻吧？豆蔻年华的十指，把五张支票装进信封。因为提供了特别服务，支票面额都不小。八十，一百。这双年轻的手可是太知道抢匪横行的芝加哥有多少孤独的雄性人口，他们出高价让这双手去蹂躏他们。他们发出腐烂的呻吟，渐入佳境，登峰造极。这双手和他们，也不知谁糟蹋了谁。我后面这张面孔能想象这双手刚去过哪里吗？又来了一个人，一看就知道来私藏来路不明的收入。机器响了，吸噬着我的五张支票。然后是那条黑暗幽长的秘密途径，它们得摸着黑走完它，走出尽头便洁净如新生。我转过身，在后面两个排队人眼里做一瞬的良家妇女。

芝加哥一眨眼成了鬼城。秋天的夜晚八点，金融区的摩天大厦噩梦一般逼近来，所有的正经人都鬼祟了，躲闪着，走得贼一样快，所有的反派大摇大摆，枪手们醒来了，暗娼们容光焕发，酒鬼们摩拳擦掌。霎时间他们成了城市的占领军。我的步子不快不慢，他们假如有好戏唱，至少有我这一个观众。连麦当劳也开起乞丐们的派对来了。我买了一份鸡肉色拉，鸡肉是前天的，生菜是昨天的。要背叛黎若纳，就要吃垃圾。外婆对事情的理解是这样的，嘴馋的女人浑身都馋，眼馋、手馋、身子馋。黎若纳和人进行狗男女事务，开端就在一家蛋糕店。黎若纳有一副精美的口味，无美食，毋宁死。外婆的进化论：偷嘴、偷东西、偷人。

地铁站门口乞丐气味充胀到鼻腔和脑子里。乞丐们大概因为活得毫无进展，所以生命淤滞成一股腐败气。不去躲闪他们阴冷的眼睛，他们就输了。非乞丐们像亏欠他们似的抬不起头，咕哝一声“对不起，没有零钱”，然后通奸者一样溜得飞快。我从来不给乞丐钱，因为黎若纳总是给。黎若纳总是要“行行好”的，她该对她的丈夫和被她生到世上来的人行行好。她“行行好”是缺乏主次的，对蛋糕店里的陌生男人大大地行好。我还能看见那个黎若纳，三十岁，红色蜡染衬衫，白喇叭裤，招摇撞骗的本钱足够。你能想象不？这样一个女人能背着丈夫、女儿买一块奶油蛋糕，在店里就吃下去，即使没有艳遇，蛋糕店也是她的福地。靠陈列窗有三张小桌、六把椅子，她没有座位，站着也是一样吃，一样不露寒碜，秀雅闲逸地吃，眼睛漫不经心地看着外面，为自己放哨。某一天她不是一个人了。刚刚在柜台前站定，在各种如花似玉的奶油面前发情，一个男人说：“其实最高级的是牛油清蛋糕。”黎若纳一回头，好了，口福艳福都来了。黎若纳直觉特别好，一看就知道这个一无用处的人是金子堆大的。我现在能想象他们，马上配对儿，像一支筷子找着了另一支筷子。男人那低调的高贵，那积累了一切有关享乐的智慧的眼睛，那对一切不懂享乐的人的轻蔑笑纹，使黎若纳摇身一变，成了个无家累、未生育的女郎。男人把她带上楼。楼上是黎若纳的天堂。男人一定要给她高等教育：许多高贵的美食，外貌是不花哨的，比如牛油清蛋糕。黎若纳太识货了，和我父亲过日子错过了让她显露她享乐才华的机会。机会来了，这个叫吴岱的男人不久就发现了她美丽的丝内裤是她自制的。为了她那双贪馋的眼睛，黎若纳自染、自裁、自制衣服、裙子、乳罩。一万个人里，你一眼能把她找出来。她没有一件衣服合身，要么过分宽大，要么过分窄小，合身的衣服多平庸。她看见一切常规的东西就不耐烦。我那时六岁，二十多年后我闭上眼能看见黎若纳背着我们出去造孽的模样：形象蛮大家子气的风骚女郎。

地铁经过一个站台，我看见站名了，黎若纳啰嗦到了把地铁站名都标在信上。这个站上去，有一座二十六层的公寓。等等，让我想想，是什么颜色？是浅米色的。门口站着守夜人，穿黑制服，对过有个咖啡店，从那里就可以看见五层楼上的一个窗口。窗口有隐约的钢琴声传出来，是那个想见我的人弹的。黎若纳用圆珠笔费了多少口舌？生怕我还有新的借口，她把路线从地铁站一直标到了五层楼上：出了电梯有个茶几，上面放了一盆假花，往它左边拐进一条走廊，然后就容易找门牌号了。

那个楼我不陌生。我和四楼的一个男人也有丑闻，我一两个星期就去他那里一次。有两次我在楼下的厅里坐了很久，想在暗里看看想见我的那个人。应该不难认，楼里没有几个亚洲人。我的伏击不成功，我也没听见什么隐约的钢琴声。黎若纳想得美，谁会在美国这种地方没事弹肖邦、舒伯特、李斯特？年轻人有多少好事可干？谁会干弹小夜曲这样的酸事？伏击之后我回到家，开了淋浴，想起没拿浴巾。取换洗衣服时，一只手还在翻找，另一只手已经去关抽屉。煮开水泡面，不是把面拿到灶前，而是端了一锅滚水去柜子前取面条。一连几天，天天行为倒错。

十月是个好月份，芝加哥的叶子血红血红。它好还好在黎若纳停止啰嗦了。

茹比四十岁时，成了一个艺术学院的旁听生。我在她学校地下室里看见她，也把头发染得不成体统。她约我来吃他们大学生的便宜自助餐，我们是很无望的，她是同性恋，我连异性恋都不是。我急切地要找个男人搭伙过活，我干的这行又妨碍建立对他们的尊重意识。男女之间的初期假象，也丝毫建立不起来。茹比在郊区上班，常常采一把野花放在我家门口。她知道我们之间的无望，不过她总得有个人可以让她为其采采花。尤其是为采花她必须犯法。牺牲意识让茹比感到古典。

交钱的队比取食物的队要长很多。学生们没有一文现钱，三块钱也开支票：出示身份证，填写住址电话，这样队伍就排到了走廊里。我到餐厅的另一头去排取食的队。餐厅中间放的电影画面暴烈。情爱是件暴烈的事。学生们多数戴着耳机，相互间大声交谈。这个年纪同时能干好多件事。一个亚洲女孩也可以同时看电影、听音乐、和人交谈，她或许也和这一大片美国孩子一样，同时干的每件事都干了就忘，没一件算数。

亚洲女孩比所有学生更邋遢，牛仔裤和上衣都叫不出颜色，是所有含混颜色的混合，头发真多，可供她去染三个色调的黄。我心里说，转过你的脸来。脸还真转过来了。由于衣服头发的似是而非，衬得她脸惊人的清爽。原来什么都是伪装：她既不野也不匪，她是披着狼皮的羔羊。那样舔舔嘴唇，十足的嗲小妹。她笑起来总是手背一提，好像要去挡她不太齐的牙。我仇恨自己这个动作，却是每回笑完才醒悟到。有什么可挡呢？我们没有美国孩子那样齐得恐怖的牙齿，也就没有他们的塑料笑容。亚洲女孩竟然也有向后蹩的小腿，脚在后面，人挺到前面去了。我就明智，从来不穿太紧的牛仔裤。黎若纳毫不顾忌，一双那样的小腿也愁不住她，照样喇叭裤、短裙子。

亚洲女孩忽然感到我在盯她。她把脸转向我的那一刹那，我把头掉开了。她大概觉得让一个三十来岁的女人盯比让男人盯可怕多了。我和她这个游戏便玩了起来。只要她回头，我就转脸。她的动作、神情太优美太多情了，让人想入非非的一个女孩。她一甩头发，多有看头啊！我在给人按摩时，这样一甩头发，男人们会突然走一走神。很多很多的头发，很有质感分量的头发，才能让她和我甩得这样倜傥。我自恋是没错的了。我迷恋这个亚洲女孩，因为她身上有我。

不对，她身上的那些多情优美、风流媚气明明是黎若纳。我背上的汗毛唰的一下全部竖立。

茹比付了钱过来，我已让过十来个人去我前头取食了。茹比在白种女人中算漂亮的吗？太近了，我早已失去了判断力。她很强烈，眼神、姿态、话语，都强烈得让人吃不消。我把托盘往角落里端，我可以待在暗地，让亚洲女孩在明处。茹比吃了两口就停下刀叉说：“你他妈的在和另一个人一块吃饭。”

我说：“谁？”

她说：“是谁无所谓，反正你没在和我一块吃饭。”

我嬉皮笑脸：“男孩子们太让人心乱了，茹比，谁让你把我带到这里来？”其实我还在毛骨悚然。

“我的教授是个挺帅的白痴，我要是个姑娘就和他来个一夜情。”

茹比说，“要不要给你们介绍？”茹比强烈的灰眼睛看着我。

我皮很厚地说：“好啊。不过一夜情还费什么事介绍？”

茹比突然站起来，走了。茹比知道我旗帜鲜明，不和女人腻歪。她从来没给我得罪成这样。她找上来要我伤害她，我有什么办法？本来我想把亚洲女孩指给她看，话一讲出口变了。一顿廉价自助餐直接成了残局。

我放下塑料刀叉，无趣极了。连个假戏真做的献花者也没了。我拿起皮包、外衣。茹比突然又高大地冒出来，在长条餐桌对过。她指着身边的络腮胡子男子，看着我：“怎么样？”

我以为我干那桩勾当干得不会脸红了。我把手伸过去，合在他伸过来的手上。络腮胡子把他的嘴唇烘托得艳丽无比。茹比坐下去，狂吃起来。黑胡子和艳红的嘴唇里是天然的牙齿，谢天谢地。因此笑容不像模子里倒出来的，虽然生硬、干燥。我想集中精力来施展一下魅力，眼睛不当心又溜到另一张桌去了。我看着二十岁的自己，那个百分之四十的侧影在丰茂的伪金发中。应该说，是看着二十岁的黎若纳。我的父亲就在我这个角度欣赏她吗？黎若纳是个让男人一看就心里打鼓的女人。他们一面想祸水祸水，一面就蹚了进去，谁也拦不住。

我一面吃，一面和络腮胡子打情骂俏，同时盯亚洲女孩的梢。同时做三件事，前两件都不算数。我说：“洛兰教授你和弗洛伊德长得一样。”他说：“不止你一人这样认为。”他以为我说的话算数。他说：“茹比说你是舞蹈物理学博士。”我说：“茹比夸大了，我半途而废。不过舞蹈物理学无论如何都是废。”他说：“没错，和文学写作一样，早学成早废，晚学成晚废。”

他又把我的话当真了。他应该反驳一下，说：“真是个有趣的学科！”可他说：“你看，我就这么废人子弟。”

亚洲女孩是修什么学科的？有钱该修废人子弟的学科。亚洲女孩站起来，又去排队拿吃的。她拿了烤小排、煎鱼块回来，廉价自助餐里这两种最上档次。贪嘴的女孩。这个国家她算来对了，谁也不懂贪嘴是古典的羞耻。我接过洛兰教授的名片，看了一眼。他叫佳士瓦。我不得不给他一张名片，但愿他不需要局部的特殊按摩。他要走了，手还得给他。他握住它，这回握得不干不净了。你以为它只是只纤纤素手，那样一握就酥在你手里了？

手放开我，他眼睛一垂。这是个少见的细腻人物呢，他已明白握手时他走得远了点。一个缺乏廉耻的时代，我碰见了一个羞耻心未泯的佳士瓦。我刹那收回神志，目送他走进人群。茹比一会儿也不让我纯情，问我：“一夜还是两夜？”

我说：“你还有点眼力，他不是白痴。”

茹比说：“读读他写的小说你再发言吧。”

我已经把佳士瓦忘了，看着亚洲女孩吃得面若桃花。一个男人请她去吃海鲜大餐的话，她也就跟了他跑了。我在外婆严酷的训导下，终于培养出不贪馋的次要美德。所以男人们少了一件讨我好的事可做。

茹比去上课之后，我取消了下午的两个预约，在街上瞎逛。外婆的米缸是一座矿，能挖出金项链、翠戒指、玉手镯和一沓用丝带捆住的信。翠戒指是爸给黎若纳的。他的继母去世，把这个翠戒指给了爸。玉手镯是爸攒钱给黎若纳买的。他们刚结婚他就答应给她买。黎若纳在旧货店看见一个玉手镯就成了个耍赖的小女孩，拽不动推不动。爸答应她一有钱就给她买，那钱爸在二十年后才有。外婆成了只老狗，在米缸里刨啊刨，把宝贝一件件埋进去。黎若纳出走的第二天，外婆管爸叫“我儿”，叫我管她叫“奶奶”。三人的关系就这么不伦不类地定下了，三年后爸带了个女人给外婆看，外婆立刻倒下，说是心脏病猝发。外婆犯心脏病是杀手锏，爸一有女人她就拿出来。

芝加哥的秋天夜晚最合我意，地上落叶让风带着滚动，沙啦啦啦。一本正经的人散光了，不三不四的人们把气氛弄得莫测，并有一点浪漫。所有灰暗的人影都在毒品和酒精的作用下行动。我怕谁呢？黎若纳把我和她的旧内裤一块扔了，谁还会要我的性命？楼是正派人的楼，五楼的窗子突然有了钢琴声。我出了电梯，面对茶几和假花。假花后面有面镜子，我看见亚洲女孩的神色附在我脸上。来这儿无非是我太好奇了，好奇得我不去赚下午的两张支票。

我按了一下门铃。一定不会马上有人来开。最好别开，我已经没好奇心了。门一开，我们全都没了退路。黎若纳就得到了救赎。

门却开得很快。果然是她。她的娇嗲原形毕露了：一身乳黄色室内服，背上一个小帽子。她像个吃母奶吃到二十岁的孩子。我说：“嗨！”

她已经认出我是谁了，用英语说：“难怪！今天在学校是你吗？”

我说：“你说呢？”我坚持用我标准的中国话。

她把我请进屋。我道歉自己做了不速之客，应该先打电话来。她问我什么时候得到她的电话号码的，我说有一阵了。她用英语，我用汉语，说着进了她的客厅。她为客厅的凌乱向我赔不是，我看出凌乱是伪装的，她用凌乱经营出一个可心的小窝。杂志上剪下的画页都颠三倒四地贴着，地上一大蓬红枫叶插在粗糙的铁皮桶里，全是别有用心。二十一岁已经是个打扮的老手，遇到什么，打扮什么。黎若纳穿不合体的衣服，让人过目不忘。

她叫我坐在地上的蒲团上。她不用沙发这样平庸的家具。

“不坐了，我马上还有事。”

她说：“是吗？”

我已经明白了，她没有想念我。什么都是黎若纳的操办。外婆把黎若纳的信放在米缸里，她以为这样就当了爸的家，爸就不想念黎若纳了。我嘴上说：“早想来看你，一直都抽不出工夫。”

她说：“是吗？”

她这句话有点惹我恼火，好像说：“谁相信呀？这年头同父同母的亲姐妹都嫌多余。”

她冷淡，别有情致的冷淡。黎若纳说她想我想得上火。太滑稽了，我信以为真地认为这个城市有个想我的人。我中了计。黎若纳无非想让我和她相互监视，或者她觉得她二十一岁的女儿在凶险的芝加哥得有个保护人兼保姆，于是我就光荣入选。她问我想不想喝口热的，茶或咖啡。我说我马上要走了，不耽误她时间了，大概她功课很紧。她说：“那好吧，下次吧。”你看，她就这个态度，来也行，走也好，都随我便。这个叫吴川的女孩。

我问她功课多不多，她说比在香港时好些。我又问她喜不喜欢她的选课，她耸耸肩，她全无所谓。我的谈话欲望给她的无所谓刺激起来，说我刚才听她弹钢琴了。她两眼一瞪，问我："什么时候？"

我说："上楼之前。"

她说她已经一个月没开过钢琴盖子了。

我的自作多情原来可以导致美妙的琴声。我说："那我听见的大概是你楼上或者楼下的人弹的琴。"她说："不可能，这种防噪音的窗子怎么可能把琴声从几层楼上漏到马路上呢？"太好了。从这一点上看，吴川也是黎若纳，不懂人情世故，不知给人搭台阶让人下台。

厨房突然响起一声哨音。她跑出去，回来时端了一杯茶，不卑不亢往我面前一放。她什么时候去烧的水？我一进门她就打算请我喝茶？我说："既然茶也烧好了，我就再坐会儿。"她脸色毫不因此改动丝毫。她问我习惯坐蒲团吗。她特别讨厌沙发和椅子，从小干什么都在地上。那也是一种豪华，不是什么人都有福气把桌子、沙发、床延伸成整个地面的。至少地面得有资格去当桌子、沙发。它至少得够干净，或者够柔软。那个金子堆大的老少爷惯宠着母女俩别出心裁。

吴川问我吃过晚饭没有。我说不饿。她说那么一顿自助餐，大概是不会饿。我想那她问我吃晚饭没有干什么呢。她把一盘自烤的通心粉放在我面前。吃不吃自便，她无所谓。通心粉是刚从烤箱里拿出来的，烧茶时她已经把它热上了。我毫无胃口，做出热情让她看了出来。她说不饿就不必吃，她明天可以当午饭。我问她自己吃过晚饭没有。她叫我不必管她，她随时都吃得下去。

冷场总是发生。她不懂冷场在这样的划时代相见中不可以频繁出现，因为哪一个冷场都可能导致终结。我在一个再也救不起的冷场中站起来，说："哎呀，得走了，不然要迟到了。"她眼里露出莫名其妙来，好像说："并没有挽留你呀，你早就可以走的。"

"哪天我请你出去吃饭。"我走到门口时说。

吴川笑一下，说："好啊。"她没有说："你有空再来我这儿吧。"也没有问："你家住在哪里？"

我又是一阵无趣。她没等我走到假花那儿就关上了门。我不会再来这里了。

风打起哨来。芝加哥一夜间变色，一派铁青，树叶落完的枝干瘦削而锋利。我的生意红火，男人们在铁青色的大都市渴望温情。最丑陋、低下的温情，一百元可以买到。吴川的手连钢琴键也不屑于摸。手得好好洗，恶狠狠地涂上洗手液搓洗，一遍、两遍、三遍。不祥的芝加哥初冬，人们都胡乱约会，只要不是独处就好。两个人打电话给我，佳士瓦和吴川。吴川只是要把我落在她家的丝巾还给我。佳士瓦说他有两张舞剧票，他的伴儿黄了，一张票多余下来。他本来准备去剧场门口卖掉它，但他不愿和一个陌生人挨着坐。我说谢谢了，很荣幸他不把我当陌生人。他说顺便一块吃晚饭。我说那就在他学校附近选一家。因为我必须从吴川那里拿回我的丝巾。

晚餐时我粉墨登场。佳士瓦把我提拔成"非陌生人"，我得领情。选了一条黑裙子。这是我第一次买不减价的衣服。没什么新鲜想法，穿黑色总混得过去。佳士瓦在门口抽烟，他又让我心动一下：抽烟的男人现在是以稀为贵。蜡烛、鲜花、音乐，餐馆里的人全是窃窃私语。今晚他想走多远？脱下大衣后，我说我一会儿要出去等一个人。他说叫那人到里面来，也一块儿喝一杯。我说："约好在门口，只拿一件东西，她就走。"佳士瓦故作俏皮："是'她'，那我放心了。"

一杯酒下肚，我们放肆了不少。可以把罪责推到酒上。我站起来，向侍者要我的大衣。佳士瓦也要他的大衣，我说他何必去风里陪冻一场。他说："是吗，在刮风？和你在一块怎么不觉得呀？"要没有酒，这种初级殷勤比较倒我胃口。我还是不要他和我一道出去，他说他得确定一下，我等的那个人的确是个"她"。我把大衣还给侍者，说："好吧，我打电话叫她进来吧。"我们重新坐下来，都有点累。我赶紧倒酒，喝了酒不会把许多事看穿，或者看穿也不要紧。我和佳士瓦眉来眼去，脚不老实了，在桌布下碰上也不躲开。我怕什么呢？怕佳士瓦相上吴川？他比吴川大十六岁，别逗了。吴川比我优越？当然。二十一岁的白痴都比我优越，何况吴川不是白痴。我的确怕，这我得认账，我怕吴川向佳士瓦展示一个纯情、青春的我。一个二十一岁的我，没经历过遗弃，没让一大锅汤烫伤过，没有在游泳池边吸引过许多残酷的追寻目光。佳士瓦马上会比出优劣，任何男人看见了原版就不再会要残次品。我的嫉妒心毒辣起来：吴川拥有的太多了，劫走了属于我的太多了！

我拨通电话。吴川淡淡的声音出来了："你这就出来吗？"她吃准是我打的电话，"哈啰"都免了。我告诉她，到了餐馆门口，往里走，走到右后角。她说好的。我想，佳士瓦假如对吴川显露出兴趣，我和他就从"非陌生人"降一级。这个大都市"非陌生人"是最正常普遍流行的关系，连我和吴川都是这种关系，大家余地留得大着呢，缺了谁也不会受不了。

刚放下电话，吴川已站在我面前，身上一股刺鼻的寒气，她在餐馆门口站了至少十分钟。我说：“你早来了干吗不进来？”她只是平淡地把我的丝巾放在我的椅背上，说：“不太冷。”她手在大背包里摸。我说：“把包拿下来，坐会儿，想吃点什么？”她把手从脖子后面一抽，我看见一道暗金的弧光。非常古雅的一条长纱巾，自来旧，金色很含蓄、暧昧，掺了旧旧的秋香色和锈色。变色龙似的，从哪个光调看它都让你小小地意外。

“你要吗？” 吴川问我。

她的样子是随时准备我不要的。

“很漂亮！”我说。“那给你吧。”她也是漫不经心地把它往我椅背上一搭。我谢了她，她像没听见。叫她坐下吃点什么，她说她下面还有一节课，得马上回课堂去。再转过头，她小小的人儿已经给她的大背包挡住了。本想给佳士瓦和她介绍一下，她连嘴都没让我插上。

“很漂亮。”佳士瓦说。

“丝巾还是女孩？”我问。

“你妹妹和丝巾都很漂亮。”

“你怎么知道她是我妹妹？”

“到厨房里把那个意大利老厨子拉出来——他视力只有零点一，是靠手感和嗅觉烹饪——他一眼也看得出你们是姐妹俩。”佳士瓦说。

“不过我是她的下脚料做的。”

“不过我先见到你的，先入为主。”

我把丝巾拿过来。崭新的气味、质感。吴川把它随便往背包里一揉，和她乱七八糟的书、笔、绒衣塞作一团。她是真不经心，还是存心要减低送我礼物的生硬和隆重而故作不经心呢？她为了来见我，早早就跑到餐厅门口了，在冷风里站了那么久。她今天下午去了 Marshfield 还是 Bloomingdale，花多少心思和时间选了这条长丝巾？她一定觉得我原有的那条太凑合，她认为我配更华贵的东西。黎若纳借这个二十一岁的吴川来评判我的审美格调，借吴川的手来操办我的形象设计。如此而已。不合逻辑的是她巴巴地等在餐厅门外的芝加哥寒冬。

主菜来了的时候我们已经不能从容地吃了，佳士瓦不断看表，我们因为谈到我的童年而不断停下咀嚼。我讲的是我和父亲、外婆的生活，它让我讲成了一段充满阳光的日子。所有的悲剧细节都是自我解嘲，这就是黎若纳在一次次怀孕、一次次流产，最终留住了吴川的那段岁月。我告诉佳士瓦，外婆买了五只螃蟹，也养在米缸里。米缸可以养肥螃蟹，能从头年秋天养到来年春天，这样过春节就能吃上完全不宜时的螃蟹。螃蟹全钻到了米缸底下，外婆用去手刨，手指被钳住。我解救外婆时，发现了一封封的信，大部分是给爸的，一小部分是给我的。黎若纳多的是时间，用写信消磨。

“说明你母亲还是爱你的，也爱你父亲。”佳士瓦说。

“她很滥情。反正她有的是感情，她不相信有人会不要她的感情。”

“你妹妹大概是最幸福的女孩。”

“大概。”

我们起身，佳士瓦为我穿大衣。他把新的长丝巾挂在我脖子上，他钟情于吴川的选择。一次黎若纳要从香港回来看我。十七岁的我对同病室的人说：“我妈星期五来看我。”第二个星期五，我还是坐在医院的花园里等，怕探视时间过了，黎若纳给挡在楼下。一个二十五岁的病友很久没下过床，被捆绑在大大小小橡皮管子和支架中。她鼻子插着氧气管对我笑，问我见到我妈没有。我告诉她我妈下星期五一定来，这星期她没买到从香港飞此地的机票。第三个星期五，二十五岁的女病友问香港的机票买到没有。她已经不再为我望眼欲穿，她已经在等待我的谎言破产。她是一个女军官，天天有男女老少众星捧月地围在她床边。第四个星期五，黎若纳把电话打到护士值班室，说她下星期肯定来。第五个星期四夜里，二十五岁的女病友死了。黎若纳还是没来。黎若纳造的孽可真够深重，二十五岁的一条生命都在我的等待中耗尽。谅她也没脸皮再打电话来。爸说她已到达，突然收到香港急电又返回了香港。黄疸肝炎造成轻度肝腹水的我还远远没有成为黎若纳的急事。爸从此天天下午来医院。违反医院规矩，他不管，他的探视要抵上双份。半年后，爸带着康复的我去了邮局，在隔音室里的咆哮连外面的人都听得见。他说黎若纳抛弃一个孩子一次就够了，不必再来第二次、第三次。五个星期五，一个女孩经历了五次抛弃。隔音室的门开了，黎若纳要和我说话。我摇摇头。这样多累？那五个星期五，黎若纳把大家都累得够呛，把她自己也累着了。我可累不起了，连上楼梯都得爸背。隔音室的门又关了，爸还在张牙舞爪，口沫横飞。手突然停在半空中，听到那头有句令他意外的话。我没问他听到什么样的无赖借口，随黎若纳去编瞎话吧。她的借口打动了爸，她的借口一向打动爸，也只能打动他。外婆去世前，叫我把米缸里的信全烧掉。她说："你要信了那些信上的花言巧语的话，就脱下衣服看看你身上的疤，看她怎么把你弄成了个'花人'。"

我看着舞台上的吉赛尔幽灵，怎么会有人把忧郁和感伤用肢体表白得这样好？词语是及不上的。词语表白忧郁和伤感都那么不得体，那么矫揉造作。我的右手被试试探探地拉住了。要告诉了佳士瓦这右手的功用，他会不会还拉它？这是一只掌握着许多人糜烂享乐的手，它在操纵出一声紧一声的糜烂呻吟时只有一个热望：毁了进入到这手心里来的东西。现在佳士瓦把他的手也交了进来。我该告诉他它冷酷而凶残，只想毁掉进入它掌握的东西。任何东西。

星期六晚上，我到吴川的公寓楼下接她，我邀请她吃螃蟹大餐。到了六点，她还没下来。我把车停进附近的收费停车场，上楼去了。她在家，就是不接电话。原因是有的，一个艺术学院的男生和她在一起。螃蟹大餐有了第二个客人。餐中头上包着义和团头巾的白种男生和我谈起伊拉克战争来。他让我意外：所有艺术学院的师生都仇恨布什的保皇党，他竟然是个战争支持者。理论是这样：动不动就斩人首的民族该灭绝。戴义和团头巾的小纳粹想挑起一场论战。我可不想累着自己，说他的理论有一部分道理。他问我哪一部分。我说一大部分。他搂了吴川一下，庆贺我对他的认同。

"我很愿意和你这样的人谈话。"他说。为他的纳粹理论队伍拉到一名壮丁，他觉得今晚赏光来吃饭吃对了，"你一看就有思想，很有力量的性格。"

"你也是。"我随口胡扯。管它呢，好话便宜得很。

吴川插嘴了："你觉得他怎么样？"她用中国话问我。眼神把我弄成了家长。

"还不错。这要你自己多了解才行。"我说，"什么时候认识的？一个礼拜有没有？"我笑得很慈祥。

"我们认识有半个学期了。他是文学系的。"

我连吴川是什么系都不知道。我做了个眼色，叫她别讲汉语，让小纳粹不舒服。小纳粹看出来了，笑着说他一点也没有不舒服。他不懂我们的谈话更利于他观察人的"非语言表达"。这是文学中最精华的东西：真的表达，往往在语言之外。他为显示自己的不平淡不乏味，故作偏执。他是个很聪明的人，那份聪明得兑上水，稀释稀释，就不会很腻人了。

吴川是倾心于他的。他说她肯定不敢在眉毛上穿洞，戴上眉环。吴川说那是因为她皮肤不好，爱发炎。他说："得了吧。"吴川说："我们都是疤痕体质。"她指我和她。小纳粹说："那太可惜了，不然你会蛮酷的。"

我很想跟吴川说："别理他。多好一张脸？去捅出乱七八糟的窟窿来，疯啦？"我当然不会说，没人来问我的意见。并且现在的孩子们，只会在年长人的反对中得到激励。反对越猛烈，他们越义无反顾。

"你说呢？"吴川问我。她手上出现了一面小镜子，自己用手在眉毛上捏弄。"这里戴一个银耳环，你说怎么样？"她眼睛从镜子后面升上来，严峻地看着我。

"你不是疤痕体质了？"我半认真半玩笑。

“我不知道。妈妈说你是，所以我想我也是。”

看看，黎若纳把这个小人儿完完整整地保存了二十一年。一块破碎，一条裂纹也没有。难怪那样心急火燎，一封信啰嗦五张纸，要我替她看管这个小人儿。要我和小纳粹这样的男生们奋战，争夺她。我那见不得的身体，那浮雕一样的疤痕。黎若纳和老花花公子吴岱野得魂也没了，把一锅烧滚的汤放在我的玩具柜沿上。爸听见一声惨号从里屋出来，他的女儿只有后背没了前胸。七岁的我成了只剥皮兔子，躺在急诊室床上，惨号把陌生人的眼泪都引了出来。黎若纳没有因为她的痛悔而收心，她还是走了。连我植皮手术的最后结果也没顾上看，就和吴岱去蜜月了。

吴川对自己的冰清玉洁、无痕无疤不耐烦了，迫不及待地催问我：“你真的认为我眉毛上戴个环好看？”我本来想说：“嘿，你别把我扯进去，我不负这个责！”可话到嘴边，成了：“也许不难看。不过得选一个合适你的耳环，特别细巧才行。”

她马上扬眉咧嘴。我从来没见她给过我这么璀璨的笑脸。我是想笼络她的心，还是不忍心违她的意，我不知道。我是讨好她为博她一个笑脸吗？我也吃不准。反正她马上把我当成死党了。不管明天怎样，今天晚上她有个死党也不错。这年头，能热闹就热闹一下，过后谁不想谁也罢。在美国谁也不愿意做强迫别人意志的人，没有“为你好”这种老掉牙的呵护。爸都不去强迫黎若纳的意志。用外婆的话说爸是个“爱憎不分明”的人。经历了黎若纳，我也懒得去爱去憎了。

吴川在隆冬里走来走去，一边眉毛剃没了，肿得粉红发亮。眉环在炎症消下去后终于出现在她脸上。必须是纯白金的。她可是个豌豆上的公主，反正老花花公子有钱。她因为我的支持而和我亲了不少。我收买人心收买得不错。无论如何，爸收买了黎若纳的心。她跟我说这世上她最爱的人是爸。无耻啊无耻。吴川的肚脐上也出现了一个环。她问我喜欢不喜欢。我喜欢不喜欢好像作数似的。既然不作数我就说：“下一个环往哪里挂？”我装得开明至极。她为讨好小纳粹把自己弄得千疮百孔。我为讨好她而放弃任何见解。佳士瓦请我和吴川去他家，见了小纳粹脸就阴了。他事后叫我无论付出什么代价也要拆散他们。佳士瓦是小纳粹的教授，怀疑小纳粹和他系里不少“年轻作家”一样，无恶不作。

证实佳士瓦的话是在新年除夕。我邀了一大群人到我公寓作乐。茹比居然偷到了腊梅花。我怀疑她从林肯街[1]的某家花店里订购的腊梅，付了惊人的价钱，偏要说是偷的。偷花多诗意，古典骑士行为。茹比和小纳粹选过同一门课，很玩得来。小纳粹马上口若悬河，和茹比陷入了“魔幻现实主义”。佳士瓦和我各自拿了酒到积了雪的晾台上。冬天是我的季节，可以迟迟不让佳士瓦剥下我的衣服，以免把他吓着。荷尔蒙会在漫长冬天中消耗或平息，大家没了激情后会美好平淡地做朋友。佳士瓦会永远看不透我，误认为我像吴川一样美好无损。

茹比以为我和佳士瓦进展迅猛，不断和我挤眉弄眼，意思是：你可真行——一夜情堕落成恋爱啦？客人们到齐了，老少参差，不过都很

〔1〕芝加哥的名街，布满时尚、别致的店铺和餐馆。据说“雅皮”们云集。

“波西米亚”。我成了最正统的形象。我发现佳士瓦的眼睛锋利得很。他目光的终点是走廊尽头的浴室。我看看烛光中一屋子人影，没了戴义和团头巾的和染三色金发的。我突然爱上了佳士瓦，他居然暗暗保护着吴川。

他和我目光碰上，耸了耸肩。我回头应付了一个客人的提问，回过头来看佳士瓦时，他已在浴室门口了。门突然开了，小纳粹笔直的鼻梁对着佳士瓦胡须浓密的下巴。一秒钟、两秒钟、三秒钟。

小纳粹问：“干什么？”

佳士瓦说：“你在干什么？”

小纳粹说：“是我先问的。你扒在门缝上，想干什么？”

佳士瓦说：“我想干的就是想弄清你在里面干什么。”

小纳粹走出来，把浴室的门关严实。吴川给关在里面。在穿衣服？我参与进去将是什么角色？必须出一下场，算派对主持人吧。我上去，佯作半个醉汉的嬉笑：“你们干吗呀？佳士瓦，餐馆送菜来了，帮我一把。”我把右手搭在他雄厚的背上，轻浮得让佳士瓦一振：有希望了。不久他就可以消灭我和他的礼貌关系。我把佳士瓦拉走，小纳粹又进去了。我的浴室是他和吴川的野战爱巢。

“你以为他俩在做爱？”佳士瓦问，喝酒之后络腮胡子和嘴唇更是红与黑分明。

“你不让他们在这儿做他们也有地方做。这个年纪随处可做。”

“他在教唆吴川用毒品!”

我没话了。黎若纳守了二十一年，她现在该来看看她无瑕无疵的宝贝。我转回头，气势是要把门踹开。临门一脚不灵，无力地落回原地。我对里面两个孽障说：“餐馆送菜来了！晚了全让我们吃光了，啊？”

我发现自己的右手握成个拳，微微发抖。吴川什么都要尝尝，让她尝去，我悲愤什么？ 我是谁？也配为黎若纳和千万富翁的继承人担这份心？这回我就是想不开，看不透，非得把小纳粹废了才解恨。

吴川在里面答应了我：“我马上出来，姐！”

我的右手软下来。我为有生以来头次听到的这声“姐”酥了半边，居然鼻子也酸了。她声音里有领情知恩：我没有当面拆她的台。我叮嘱了一句：“菜凉了，可不好吃了，啊？”然后便走开了。佳士瓦上来和我说了好几句话，我都没听见，他的愤怒激烈的手势，我也视而不见。要让她叫我姐，就得包容她的“酷”，把放纵作为理解来施行。一切严加干涉都会让她马上收回那个娇憨无比的“姐”！

得承认我也有颗容易被收买的心。我头晕眼花地醉在那一声“姐”里。佳士瓦的话始终没有意义。他在和我闹什么？茹比把一切都看在眼里。她对我耳朵吹着酒气：“佳士瓦神经质。年轻人哪天不作点歹？有什么大惊小怪的！”

我说：“你不知道。”

“不知道什么？”茹比瞪着我。

“你不知道他俩在里头干什么。”

“我不知道他们在里头吸毒？是这意思吧？”

“你怎么知道？”

“因为我也这么干过。二十年前我什么没干过？ ”茹比觉得受到了小看，“我还差点和一个小伙子私奔呢。我爱那小伙子，因为他像姑娘。”

我眼睛的余光看见烛光里出现一顶紫色的义和团头巾，余光里还有个络腮胡子像匹大兽似的走近吴川。没错，佳士瓦成了个神经质的家长。

吴川垂着眼皮，嘴含笑意。和小纳粹紧密相处了没多久，她已经把他的笑容学来了。那种对家长和长辈很宽恕的笑，那种和老古板们不一般见识的笑。

所有客人在十多种酒的混合作用下开始失态。音乐开得吵闹无比，大家骨头也轻了，扭动着腰和臀。电视上的人脸和这屋里的人脸一模一样，都在努力地、歇斯底里地欢乐。早就不再追求内在的、真正的情感满足了，存在的就是这种图解式的狂欢，过后他们谁也不需要谁，谁也不敢需要谁。美国式的硬汉，装扮久了就成了真。我本来要进厨房，到门口看见一位女客在里面取冰块，赶紧躲避。集体撒欢很省力，一旦和谁单独面对面，都紧张得手足无措。所以有个人叫一声“姐”，心是值得为之一酥的。

我现在一个人在厨房里，心惊肉跳地享受这一刹那的自由，因为这自由随时会被剥夺。仿佛和情人生离死别之前，等待机场的登机广播那样心惊肉跳。一个人终于结束了我的自由：小纳粹。“嗨。”他说。

我得马上出去。搜肠刮肚地找话说将抵消酒所造成的好脾气、好情绪。我和他瞎搭了两句讪就向厨房外走，他叫住了我，小纳粹真是个很累人的人。这得多自信、多张狂的人，才敢制造这种狭路相逢的对峙？

他还真自信，把面孔摆在我目光的焦点里，决不躲开。

“其实姐妹俩中间，我更欣赏姐姐。”他说。

我做出一个“你有病”的表情，笑起来。让他明白不是他在调戏我，而是我随时会调戏他。我在他眼前，摆出情场老女人的架势。

“真的。我第一次见你，就想，什么时候我一定把这句话告诉你。”

“什么话？”

“我刚说的那句话。”

“你小子当心一点。”

“当心你翻舌？ 你要我现在自己去告诉她吗？她不会吃你醋的。”

我哈哈大笑。我可以笑得很野很浪。有的男顾客想进一步拓展我对他们的服务，我就这样哈哈大笑。

“有什么值得你笑的？”小纳粹问，自信垮了一半。

“就你？也配吴川为你吃醋？”

过了好几秒钟，他低声说：“满足了？戳伤一份真心就让你那么满足？”

我喝了一口酒，用餐巾沾沾嘴唇。“需要按摩吗？”我问他。

他莫名其妙。

“我免费给你按摩。”我说。

他害怕起来，转身逃了。小东西，以为自己多么复杂、病态，吴川的纯洁让他不得施展。纯洁是缺陷，他可以帮忙让吴川弥补这一缺陷，但他仍感到屈才。他面对我的复杂、病态，才没了那份屈才感。他虽然不是个玩意儿，蠢是不蠢的，至少预感我有什么难言之隐，有不可见人之处。他也有许多情，但足够阴暗。

我把吴川留下，借口是需要人帮我打扫狼藉。我在第二间卧室里铺了雪白的被褥。她一下子扑到床上，肚子朝下，把自己往上弹。她穿了我的睡衣，嫌大，看上去只有十二岁。吸毒、做爱都经历了，还在皮肉上穿出若干窟窿。我看她在雪白的床上撒欢，心里一阵不适。人们管这种不适叫作“柔情”。

“以后你想来就来，这床就是你的了。”我从床头柜里拿出一串钥匙，“喏，这是楼下大门的，这是公寓的。”

“这床以前是谁的？”

“空的。”

“那干吗摆张床？”

“我有第六感呗。”

“第六感告诉你我会考上芝加哥的大学？”

“我一直留着这张床，因为它很适合你。”

这种话让我们难为情，比较夸张。恋人之间用来调动、催化激情的。这床之前是房主女儿的，我买下公寓它已经在这屋里。茹比把它叫作“茹比的床”。我在发现茹比的性倾向之后从不冒风险让她过夜，闩上门也不行。茹比说她要找个大雪纷飞的夜晚在我阳台下唱小夜曲，这样我会把门钥匙扔下去。我和茹比好就好在我们都逗得起，关系建立在相互间的幻灭上。我却生怕吴川对姊妹关系幻灭。

她说她要洗个澡，我替她把毛巾准备好。五分钟后她在浴室里喊我：“姐，拜托帮我拿样东西！”“什么东西？”“我自己的洗发露，在我背包里！我的头发让染料烧坏了，得用专门的洗发露。”

她的包是一个大杂货铺，从鱿鱼干到长统袜到书、笔记本、文具，一直到洗发露、避孕药、牙刷。她早就准备要在我这里住的，假如今晚我不邀请她住，大概她会有一次微度幻灭。我后怕起来。

我把洗发露递给她，又把摊了一地的杂货收进她背包。这哪里是学生的书包，简直是步兵行囊。

等她粉嫩地从浴室出来，我说：“你天天都背这么多行李上学？”

“啊。”她弓身擦着头发。

“到处带洗发露、牙刷、内裤？”

“啊。万一要在外面过夜。”

她是随时准备上男孩子那儿去过夜，还是随时准备到我这里来过夜？我不会问下去，怕证实自己自作多情。她回到她的房间，开始打电话。一会窃窃私语，一会捧腹大笑。终于和小纳粹依依不舍地道了晚安，我敲了敲她的门。她起来开了门，一个玉人儿，可惜眉毛上有那个多余的环。

“我觉得你和璜不要走得太近。”我说。璜是小纳粹的名字。

她眼里出现了防御：“为什么？”

“他是在这种环境里长大的，能应付吸毒、泛性。你是从完全不同的环境里来的。”

“我也能应付。”她开始出现不屈的神色。

“你觉得你染不上毒瘾？”

“我就试试看，一共没试过几次。”

“可他是成了瘾的人。”

“你怎么知道？”

“不然他怎么连一个派对都熬不过去？”

“他说那些人太没趣了。”

“认为别人没趣的人，往往自己最没趣。”

她的眼神有了不少敌意，我感觉自己在她面前成了黎若纳。她概念中的姐妹情谊不包括一个老三老四摆出行为指南的女长者，或许正是为了逃出黎若纳的嗓音污染她选择了遥远的芝加哥。我后悔自己刚才多余的关怀，嘴上又出来一句：“你太单纯。”

“我才不单纯！”吴川抗议道。

“我的意思是你还没接触到优秀的男孩。”

“什么是优秀？西北大学商学院的？还是医学院的？他们是最没劲的人。毕业以后是什么样，一直到他们退休是什么样，我一眼看到头。我又不要和璜结婚，我们就在一块快活。为什么你们都恨我快活？”

没错，她的“你们”里包括我、黎若纳、吴岱。一想到我和黎若纳为伍，我情绪马上败坏。我告诉吴川她该好自为之，就和她道了晚安。她又回到电话上去，不一会又笑成一摊了。人家把我抬举成了“姐”，我还煞有介事了呢。黎若纳的女儿在我鼻子下吸毒，泛性，肚脐眼戴耳环。黎若纳用意原来在此，她让我帮她镇压，让我去失败，到末了无法交账。我听着关紧的门里吴川还在和电话里的小纳粹缠绵，我想，她使起性子来就不是她自己了，是黎若纳。我使起性子来，外婆根本不和我搭一句话。她说：“我理你干吗？那又不是你，是黎若纳附体了。”长大以后，一旦做错事，我就和外婆说：“别怪我啊，怪黎若纳。”黎若纳是没人能驯服的，我凭什么想驯服她女儿？

早晨我头昏脑涨地起床，到楼下拿了报纸。读完了报吴川屋里还是一片深深的睡眠，我留了张字条，说我去附近的便利店买一盒牛奶。等我回来，吴川已走了，在我的字条上写了一行英文：抱歉，上午有约会。

没有谢谢，没有再见。她躲在卧室里，听着我刷牙、洗脸、读报、喝咖啡，等待时机溜走。她在床上支着耳朵，听电话铃，假如我和电话上的人聊起来，她可以匆匆从客厅走过，匆匆一挥手，就溜出门。她盼望佳士瓦来电话，这样就有无尽的废话可说，像她和小纳粹一样，什么也不说就能把一次通话进行一两个小时。佳士瓦来电话是她溜走的最好机会。而那万恶的电话，就是不来。她终于听到我出门、锁门的声音，去稍远的地方我才会锁门。她一个挺子打起来，穿了衣服背上行囊就出发。也许她早就把衣服穿好了，也许在行囊里看见我翻检的痕迹，恶心地一撇嘴。她出门前看一眼床头柜上的钥匙，我昨晚给她的，她笑了笑，像老鼠识破鼠夹子一样对钥匙笑。

整整一天，我丧家犬一样在购物中心晃悠。买了新年后减价的皮草、大衣、毛衣，花了近两千块。我大包小包地流浪到一个便餐馆，吃一份色拉，再去下一个便餐馆，吃一模一样的色拉。我又横遭抛弃，我那么小心，下场还是一样。我绝不会再找佳士瓦，因为会有个同样落套的结局。黎若纳一次一次地解释：她从来没有抛弃过我，我只好瞪着她。她的抛弃过程漫长，一次一次来我和爸所居住的省城，外婆说：“让她死了这条心——她想见我们？除非伤疤长平了。”爸却偷偷地和她见面，听她睁着标致的眼睛说瞎话。爸把我从外婆那里偷出来，并不说我们去哪里，只是做鬼脸。他是一个让人心碎的可悲人物，从滥情的女人那里得到点情感渣子也是好的。黎若纳拥有十倍于正常人的情感，把它分成若干份每一份也是丰厚的，爸就这样想开了。爸觉得他得到的一份最多，还有什么可怨。爸管那种万念俱灰的心态叫“与世无争”，管他们万念俱灰的一代人叫“老知青”。爸手拉着十八岁的我去宾馆的七楼，按一下门铃，他扭头来对我胸有成竹地笑。他突然伸手把我额上几根乱发抹到头顶，再伸手把它们拉回来，匆匆摆出一个形态。门开了，门里的人看见我从爸的手里一抽手。那是一个陷阱，门里人和门外人一块为我设的。我逃不脱了，板着毫无血色的脸走进去。一个大客厅，地上摊着画、丝绸、话梅、一个男人。那男人在打电话，见有客人来也不从地上爬起来。爸说他晚上来接我。我和现在的吴川一样，拿出的姿态现在该叫酷：毫不动容，宠辱不惊。让黎若纳又是拥抱又是哽咽地去累她自己。她不管地上摊了多少东西，包括那个男人，把我拉到沙发上，说她在我这岁数没我这样秀气。她该看看她的手艺——我衬衫里那块从胸到腹的疤痕。她不管地上躺着打电话的人正说到了哪里，大声叫：“吴岱！看看，你看到少女的我了！”她的眼泪把脸上的红红蓝蓝化开了，我都害臊。

吴岱马上挂了电话，从地上爬起来：“啊呀！我好不像话，不知道贵客来了！”

老花花公子很精干，一看就是金子堆大的，也是玩大玩老的。爸这时站在公共汽车上，一手拉住扶杆，想他到底让黎若纳和我母女团圆了。老花花公子提议去吃午餐，城市唯一的上等人餐馆在外汇商场楼上。

饭后黎若纳和吴岱逛着商场消食。首饰柜台前，黎若纳看到一串珍珠项链，每颗珠子都含有七彩。要外汇？要外汇。她抬头看一眼老花花公子的背影，掏出庞大的钱包。我立刻把脸掉开，一个盒子贼溜溜地塞进了我手心，我脸滚烫，说："我不要！我要这个干吗？"黎若纳耳语说："女孩子大了，应该戴根项链。"我还是不要，眼睛瞪着她，让她看我没有这么好收买。她眼皮上的蓝色一翻，看了吴岱的背影一眼："快收起来，别让他看见！"她做我的主，打开我的书包，把装着珍珠的锦盒硬塞进去。我羞恼得浑身无力，她把我变成了她的私房。你以为人阔到那程度就不市侩了？你错了。可怕的是她也把我拉进了这种市侩勾当。她给我的伤害已足够，没必要再来伤害一次。这样偷鸡摸狗的母爱，比所有伤害都深，因为它含有下贱和羞侮。

我给吴川打电话。我一共才拨过三次她的电话号码，手指头已经老马识途。吴川的口气已经是个芝加哥人，不冷不热，进退两可。真为了小纳粹和我生分？原来也没熟起来。两人都没掌握好亲热的进度，太急切地要把茫茫芝加哥的两个陌生女子变成手足。她叫我"姐"口齿含混，这是无可奈何的一个称谓，已过早被她叫出口，不好收回去罢了。

我像什么也没发生一样东拉西扯。我说我在试穿新年大减价的剩余物资，问她要不要来拿几件衣服走。大减价的衣服号码不齐，让大胖子和小瘦子打扫战场。她说她功课太多，再说我的格调和她差那么远，号码合适也没用。又成了自作多情，芝加哥人最怕的一桩事。人们越来越谨慎，生怕把感情拿出来别人不要。芝加哥呼啸的冬天到处飘着没人要的感情。吴川为我买了那么一条典雅高贵的长丝巾，却要像弃物一样拿出来，还问：“你要吗？”为她自己的退路步步设防。原来她比我世故，比我明智。假如我们按那个“无所谓”的格调开展情谊，这时我不会抱着一头热的电话发呆了。吴川那边挂断很久了，现在线路上是电子合成的声音，教我如何先挂断，再如何重新拨号。她重复说：“请挂上电话。”中性的情感和情绪，最保险，最正确。那正确的声音就是吴川的延续。我赶紧挂了电话。

春节中国大使馆邀请两百多名中国人参加宴会，我得到两份请柬。吴川会和我一块去吗？我留了言。球踢在她那边了，她看着办。佳士瓦把球踢到了我这边。离宴会还有半小时，佳士瓦的球又踢过来。我脱口说：“想和我一块去赴宴吗？”“好极了，什么时候？”“半小时后。”我们约好在大使馆门口见，然后我便胡乱在脸上涂了点颜色。红灯很多，够我把睫毛液刷上，扫上眼影。停车场闹车灾，车子一寸寸往里爬，我可以刷腮红，勾唇线。堵塞继续下去，我的脸就可以化得谁也不认识了。车上了三楼，我兴致盎然地继续糟蹋自己的脸。佳士瓦果然大惊失色，问我要去哪里参加假面舞会。他的手已从裤袋里掏出雪白的手帕，递给我，表情是“请自重”。我大笑起来，说假如停车场再挤些，我就成功地把自己化成陌生人，从他眼皮下溜走。

他说：“你以为你不是陌生人？这一个多月，你我不就是陌生人吗？”

他动手来擦我眼皮上的彩虹。一个老手，很会摆布女人的脸。他把我拉到路灯下，往后退退，又上来轻轻擦几下。好了，他拉起我的右手。右手在他口袋里了，很温暖。右手最近恢复了一般的手的功用，那些老主顾订特殊服务的预约都让我回绝了。它决定洁身自好，为此刻能心安理得地给佳士瓦握？也许。大使馆门口挤了一大群中国留学生，一个红头发在人群里。我叫道："吴川！"

她一个人，小纳粹呢？

我从佳士瓦手里挣脱，跑过马路。一辆车开过，碾在我拖在身后的阴影和魂上。我不知怎样已把吴川的手抓住，刹那间我明白了自己，为了能这样拉住她的手，我开始让我的手洁身自好。我不愿从那些不见天日的所在冒出来，面对她。我的收入急剧下降，但她使我对那污七八糟的晦暗收入恶心透顶。

"你怎么才来？"她说，分寸感、距离感都好。

"你怎么不进去？外面多冷！"我说。我眼睛不去看她的一头红发，假如她一头绿发我也绝不评说。

"我没请柬呀。"她眼睛瞥一下穿过马路的佳士瓦。

原来她在等我带她进去。她收到了我的电话留言，接收了我的邀请，早早冻在冷风里等我。我呢，身边跟了个佳士瓦。佳士瓦什么也不明白，说他打听到大使馆发出三百多张请柬，却只有两百多个座位，被堵在外面的，等于拿的是误印的请柬。他建议我们去唐人街馆子，自己款待自己一顿。

吴川不愿意去，说她重感冒还没好，这时瞌睡上来了。

"你病了？"我问。她病了，才没回我电话？病得那么重，也不耽误她变成一头红发。我说："真要命，你该给我打个电话呀。"

"感冒又不算病。我们班上只有两个人没感冒。"她淡淡地说。

赶紧把距离拉开，别让我又把挺淡雅的事情给弄俗，我只好随她去。得好好学，才做得成姐妹。我和佳士瓦不勉强她一块去吃年夜饭了，开车把她送到家，热烈告别都免了。大年三十，黎若纳心很定：她女儿一定在和我热闹。吴川的红头发闪进玻璃门里，足够孤单了，还要把自己弄成另类。

天突然发邪似的暖起来，密歇根大街上出现了穿短裤跑步的人。才不到三月。人们坐在露天餐厅、咖啡店，芝加哥人最懂开好天气的洋荤。我和吴川也坐在露天餐厅吃三明治，不知不觉话就多起来。她穿一件银色的薄羽绒背心，A/X，最流行的款式。我说她的新背心好时髦，她说也就这一件还能穿，其他的丑死了，每次寄来都白寄。

她是指黎若纳给她寄的衣服，她不当心走漏了黎若纳对她宠的程度。宠她宠成心头肉吴老少爷都拥护，用不着咬耳朵、挤眼睛，偷情一样藏藏掖掖。十八岁受她那条珍珠项链的羞辱又来了。黎若纳也许又搞了什么花样，对吴川说："可别告诉姐姐啊，我没有给她寄。"她会自我圆场地加一句："好多年不见她，我不知她长什么样，寄了她会不喜欢的。"随着好天气来的好心情没了。我突然问："一九八七年十月份，你是不是病了？"

吴川想了一会，摇摇头，说："我怎么会记得？我才三岁。"

我说黎若纳那年九月从香港飞过来，下了飞机又返回香港了。

吴川想起了。她摔了一跤，把下巴摔破了。黎若纳赶回去，是要找一位缝合技术最高的美容医生给她缝伤口。我扳过吴川的脸，让她的脸全部在阳光里，然后我抬起她的下巴。我的右手，动作像个粗人。她本来给阳光刺得眯细了眼，我这一动，她瞥我一眼。我说："那美容医生果然技术高超，缝得影子也没有。得付一大堆票子吧？"她头一摆，下巴从我右手的掌控中出去了。她觉出什么异样，看着我。我又说："再贵也没关系，反正有个千万富翁的爷爷。"

我知道我此刻一副市侩腔，但我没办法。一个摔破的下巴就换来黎若纳当时的十万火急。我呢？濒临死亡的女病友都为我等长了脖子，等闭了眼睛，我的一张张"病重通知单"始终不能成为黎若纳的急事。

我的市侩还在于我沉得住气。马上就和吴川说这些我不是太小气？不就显出我和她争宠？难道我稀罕黎若纳的宠？我和吴川扯到别的事上，扯到我想去她学校当合同教员，挣半份薪水。她的学校在公开招聘教现代舞的合同教师，半工。我们一个汉语、一个英语地聊着，像许多中国家长和他们的孩子。

吴川高兴了，大声说："那我下学期选修你的课！"

"那你逃学我也给你满分。"

"我再选佳士瓦的课，也可以逃学。"

"他没我这么疼你。"

"他疼你。"

我让她逗我，我不接话，一接扯到小纳粹又不欢而散。假如我告诉吴川，新年除夕他在厨房里企图用语言揩我的油，她会醒悟的。也许不会。拿出我们这些人的是非观和他们对话，他们会像遇着了大傻瓜。

"你为什么不和佳士瓦做情人？他还是有点性感的，在你们这个年纪的人里，他就不错了。"她一本正经地说。那意思听上去是：你们这个年纪的人死活都不性感，你就将就和佳士瓦混混吧。

我突然说：“没有爱情，做什么情人？”我改口讲英语。

吴川看着我，上唇有往上跑的意思，很想给我一句：“少肉麻！我们这个年纪都去电影院听那个字眼，去肉麻一下就出来。”

“你不爱璜？”

她一看没处逃遁了，只好陪我肉麻。她说：“你为什么和佳士瓦没有爱情？”

“我不知道，好像不是老有，你和璜呢？”

她认真地看着我，能让人认真看一会儿是极不易的事。大家都像为着什么事心虚，最怕认真地脸对脸、眼对眼。

我说：“上次我太武断了，不该说璜的坏话。对不起。”

她像被刺痛一样一缩。我的“对不起”刺痛了她吗？

我多想让她明白我是为她好。她说话了，她说：“我知道啦，我没生气呀。不是在听你的话吗？”

“我比你大十几岁，事和人多经历了十几年。”我一面说一面挑自己的毛病：太婆婆妈妈，太老气横秋。可我还是蠢巴巴地把话往下说：“就是学艺术，也有很多品行好的男孩子。”

吴川不说话，看着大街上心情灿烂的人们。再婆婆妈妈下去是自找没趣，可我停不下来，讲到茹比年轻时的荒唐。现在她老说自己只有三十岁，因为十六岁到二十六岁彻底虚度。人对糜烂的东西可以好奇，但不必亲自去一一经历。我知道我已经说多了，又把“姐姐”的角色当了真，并且是古板而乡里乡气的“姐姐”。吴川的沉默越来越不祥，我装着兴致勃勃地跳起来，说："哎呀，我忘了，我得去买双鞋！陪我去吧？"

她慢慢扭回头，看我一眼，看我是不是对劲儿，情绪怎么没个上下文衔接。

她是进了商场才跟我和解的。虽然她还是一句话没有，但我知道她跟我和解了。她看我试一双双古怪离奇的鞋，明知道我不会买，却在减价货架和我之间来回跑，为我拿来更另类的鞋。全是名牌，她的名牌学问一流。

我看她终于坐下来，找乐地蹬上一双矮靴，鞋尖可以做匕首，装饰得不够正派，风尘味很浓。她穿着它们在镜子前来回走，一头披肩红发，配那样的鞋，和她非常乖的脸蛋形成怪诞的效果，但她眼里全是得意。黎若纳不给她现金，老远地买衣服寄给她，就是为了她不成为此刻的风尘女郎。她打破了一小时的沉默，向我转过脸："可惜这双鞋没减价。"

"哇！"我是代表小纳粹给她喝彩，"你喜欢吗？"

她做着鬼脸使劲点头，一个孩子敲长辈竹杠的样子。

这正是我的目的。她果真中计，把她对一场谈话的恶感给忘了。她本质上和小纳粹是天壤之别：一个是真波西米亚，一个是让物质优越感给弄烦了，暂时的波西米亚一下。我抽出信用卡，替她买下那双艳情十足的鞋。又在化妆品柜台上，为她买了一系列口红。黎若纳的空缺，我全给补上了。黎若纳的缺席否决让吴川狂喜。

我和小纳粹看不见的争夺战就这样开始了。我花了一千多元让吴川成了一个贵族波西米亚。她挑选的东西乍看都是垃圾，但价钱是贵族的，一件看上去褴褛的仿皮外套价值八百元，反正黎若纳不给她穿什么，她此刻就买什么。她仗了我大造黎若纳的反。她把我的行为看成理解。出了商场她和我谈话的内容也变了，我成了她交换秘密的同龄心腹。她告诉我她的初恋、初夜。我故意不惊不乍，还心平气和地做些评点。她不断扬起眉毛，瞪着我，像是说："原来你这么酷？早没暴露啊！"我说起疱疹、淋病像说扁桃体发炎和伤风。我说："我认识的人里有百分之三十得过疱疹。芝加哥人用得疱疹作为代价，去消灭孤独。"

吴川又中计了，她说小纳粹也有疱疹。我的话证明小纳粹是对的：他也叫她不要歧视疱疹患者，因为他们在芝加哥人口众多。

我保持着镇定脸色，耸耸肩。我问她难道不怕传染，这个病很痛苦，她为了小纳粹就壮烈牺牲了卫生？我的嬉皮笑脸使她放松，告诉我小纳粹说买药很容易，网上就能买到，再说他不在传染期。我不断耸肩，表示不置可否，心里却恨不能把小纳粹给宰了。芝加哥的无头杀人案太多，死个像小纳粹这样的另类，大胖警察们顾不上管。

这个星期六是吴川最开心的一天，在芝加哥偶然发现了我这样一个密友。我把她送到公寓楼下，她眼里有那么多不舍。她忽然说："我有很好的音乐，你要不要听？"这样她就可以哄我多陪她一会。十点多了，我陪她上楼，听她放音乐，又听她介绍音乐家。我不知道自己在听什么，耳朵里还是她下午的话——小纳粹如何告诉她要亲善疱疹患者。黎若纳张开她的老母鸡翅膀，咕咕咕地护了她二十一年，然后把她给了疱疹患者去做病毒繁衍的温床。芝加哥的壮阔楼群中，有一个不设防的女孩，身上流着和我一样的血液。

吴川把我的心不在焉当成着迷，她说她就知道我会喜欢这盘音乐，她说我可以拿回家去听，这意味着她要给小纳粹打电话了。我告辞出来，一心想怎样把疱疹患者小纳粹给宰掉。

面谈很简单，就是要我比画一些现代舞蹈动作，再把表格上我填的内容核实一番。我穿了件高领紧身衫，可以把胸口上的疤痕遮掩起来。“舞蹈物理学？”面谈者讥笑地自语，“我从来没听说过。”我说：“我也没听说过。我来芝加哥之前，从来没听说过这座艺术学院。”面谈者马上说：“我们这所学院很有名啊！”我说：“就是啊，我孤陋寡闻呀。”就他那点薪水也要贬低贬低我的学科。

面谈结束我和佳士瓦一块吃晚饭，在走廊里看见小纳粹。我忽然问佳士瓦：“你歧视得疱疹的人吗？”

佳士瓦一愣，皱皱眉。我这人可真卫生，在吃饭时挑起这样的话题。他问：“你有疱疹？”他找到我和他若即若离的原因了。

“我有的话你歧视吗？”我问他，眼睛却在和小纳粹进行瞪视竞赛。美国人相信一男一女不能对视三十秒，否则就要出问题。小纳粹肯定以为我想和他出问题。

佳士瓦说：“你真有？”

我咬住自己的提问：“真有的话，你歧视吗？”

“现在治疱疹的药很多，已经不是不治之症了。”佳士瓦告诉我，劝慰我别绝望。

“这我明白，我不是问你有治没治。”小纳粹已给我瞪败了，我目光不是他希望的色迷迷的。他看出我的恶毒，终于耷拉下眼帘。“佳士瓦，我是问你接受疱疹患者做爱人吗？”

“你太让我冷不防了。这得给点时间，让我好好想想。”佳士瓦说。

“你要多长时间？”

“我不知道。”他抹了抹络腮胡，掩饰紧张的动作。

“在你想的时间里，我们还见面吗？”

“我不知道。”他是不想见面了。

“看来你是歧视的。”我笑笑，眼睛不放过他。好了，三十秒。

他说：“我不知道。你真有疱疹？”

“失望了？”

他一点胃口也没了。

看来我并不是孤立的。标榜对一切都不歧视的文学艺术爱好者们也是悄悄地坚守成见。所以我立刻起身，走到小纳粹的桌旁，对他说：“你跟我来。”

我在前，他在后，走到餐厅外面。他以为他的魅力终于生效。我转过身，眼睛看着他那双破旧的半高跟牛仔靴。他问怎么了。

我说：“你是不会有医疗保险的，对吧？”

他不吱声，他的沉默充满吵闹的猜想。

“要多少钱可以根治你的病？”

他说他不知道我在胡扯什么。佳士瓦出现在餐厅门口，看见我阴毒的脸色马上闭了嘴。

“我给你钱，你好好查一次，我必须知道医生的鉴定，你的药钱我也负责。你假如想拿了这笔给你治病的钱就走开，从此不见吴川，更好。”

他瞪着我，腮帮子痉挛，他没有受过这样的歧视。他把羞辱当歧视，所以我们不是道德纠纷，而是政治对垒。

“愿意考虑我的提案吗？”我说。

“我操你妈。”他的拳头在裤兜里准备好了。

佳士瓦看到了这一点，走过来拉我。我的脸还朝着小纳粹，身子已在佳士瓦手臂里。

“我不歧视，我就是恶心。”我对小纳粹说。

佳士瓦看懂了这场戏。他释然了，胃口改善不少，把我剩的比萨吃了一半。他哪里想得到我宁愿患疱疹，只要胸口的疤痕消失。疱疹至少有药可治。我恶狠狠地对嚼得十分有力的佳士瓦说：“胃口真不错呀。放心了，是吧？”

他等自己把比萨嚼碎，咽下去，才笑笑说：“这是个很丢脸的病。”

没错，小纳粹为他失去的脸面一定会报复我，他现在对我的仇恨不亚于对穆斯林。佳士瓦说：“没想到你会为了你妹妹这样去惹他。”我耸耸肩。耸耸肩这动作真省事，似是而非模棱两可的回答都在内了。我和吴川在一块久了，这个动作和她做得一定很相像。佳士瓦在告诉我小纳粹的为人：“他是系里的明星，小说写得不错，书也读了很多，各个教授都得忍受他的自恋。”

“现在好了，你在他的教授面前揭了他的丑。你捅了马蜂窝。”佳士瓦说。

我突然问：“他的小说比你的怎么样？”

“当然比我写得好，所以我老老实实混一碗教书的饭啊。”

我这一刻是爱佳士瓦的。

放春假的第一天，吴川给我打电话，说小纳粹要打工，没人陪她玩了。我开了车把她带到郊外。湖边的草和树绿了，绝色里的吴川一头火似的头发。这是第一次，我惊讶地发现红头发很美。她穿着设计大师精心炮制的褴褛衣裳，像个林间小妖一样缺乏现实感。她飘飘荡荡，冷不防问我："你和璜谈话了？"

我耸耸肩，有点被她抓个正着的感觉，其实早料到小纳粹会告我状。

她眼睛搜索着我的脸："你们谈了什么？"

小纳粹没有把内容告诉她。他倒不那么卑鄙，或者远比我想象的成熟。

我发现自己语塞了，支吾着说："我要他好好待你，照顾你。"

吴川看出了我的谎言，她沉默在不安中。过了一会儿，她说："他也不跟我说实话。"

假如我说了实话，她会把我看成黎若纳的爪牙，而且极阴险。投其所好地为她买她喜欢的衣服、鞋子、化妆品，诱饵做得那么甜蜜，诱她一步步入套，把她的核心秘密套了出来。想到我可能在她心目中是那么个卑鄙的形象，我对我所做的后悔莫及。我纯粹心血来潮，去挑衅小纳粹，为吴川决斗。我对"姐姐"的角色着了魔。

"你们两人的秘密呀。"吴川说，有一点酸溜溜的。

她不至于把我和小纳粹的谈话想得下作吧？我难道和她争夺这个疱疹患者？

“我和璜谈的，就是要他照顾你。”我发觉自己心虚口拙，事情越抹越黑。

“你们谈了话以后他就找借口躲我。”她直面我，想看出那个阴谋究竟有多大。

我笑起来：“吴川，你不会把我想得那么无耻吧？背着你跟璜去干什么？”

她紧抿着嘴唇。

“我实话告诉你，我厌恶璜。他在我眼里是反派，是自我纵容、自虐自毁的那种人渣。”我用冷漠客观的语气把这番实话讲出来。

吴川大惊失色。马上，惊讶过去，被仇恨代替。她万万没想到我会如此恶毒地攻击她所喜爱的人。她还仇恨我的虚伪：既然我把璜看成个恶棍，为什么还去和他谈话，要他“好好照顾”她？我的动机太可疑了，人格太暧昧了。她是个无邪的女孩，很快在我这样错乱复杂的年长者面前不知所措。仇恨又被恐惧替代了。

她的恐惧让我潸然泪下。我太笨重的关爱，只有我自己明白。它吓住了吴川。我说：“吴川，你什么都可以猜，不过你得明白，我只想保护你。假如我伤了你，你得知道我不是故意的。我没有做过姐姐，你让我慢慢来，好吗？”要是用汉语，我肯定讲不出这番话的。讲英语我容许自己多愁善感一些，去掉台词味也是我无能为力的。

吴川被我的泪水和语言感化了。敌意淡下去，戒备还在。我想我们都该喘口气，便从车里搬下野餐的篮子。太阳把草地晒热了，我们都脱去外衣。铺开的野餐台布上全摆着吴川爱吃的东西：两种正宗俄国鱼子酱、烟熏鲑鱼、生火腿夹蜜瓜、法国蜗牛。她吃这些就像我吃食堂里打来的粉蒸丸子和白馒头，她的口味高贵。黎若纳认为人生苦短，凑合吃糟粕是对自己犯罪。我看着二十一岁的女孩熟练地吃着每一样昂贵食品，突然觉得自卑。她手指纤纤，动起来却无情而果断，切下鱼片，剜出鱼子，嘴唇多么高雅，不动声色就吞噬了金黄色、黑色、棕色的精美食物。太阳照在她溜光的肩头和脖子上，真是个无瑕的小人儿。

她留意到了我，她问我为什么只吃干面包。我说胃不太舒服，我可不想承认我从来没吃过那些昂贵食品，因为我有个土里土气的胃，只接受最简单的食品。她还是容易对付的，好吃的、好穿的都能笼络她的心。小纳粹这点上败给了我，他毫无经济实力。

气氛有所改善，但知心密友做不成了。吴川不主动说任何话，我挑起的任何话题，她都懒懒地给一两个字的回答。她的淡漠让我紧张，不久犯起话痨来。不知怎么就亮出胸口上的疤痕。她没提防，吓得一咧嘴。我的展示其实相当温和，不露控诉意味。“那个时候我七岁，吴川，正是黎若纳和你父亲偷情不可收拾的时候。我在黎若纳的心思之外、魂魄之外，直到她混账地把一锅滚烫的汤放在我的玩具柜上，那汤从我脖子给我来了个淋浴，我才挤进她的神智。吴川，你看到只是伤痕的起端，它一直蔓延到腹上，这也不能把黎若纳从你父亲那里拉回到我身边来。”

吴川不语，听我讲下去。她的父母在制造她之前，把我制造成这样一摊血肉模糊的东西。我父亲在我八岁时发现我不幸爱上舞蹈，他劝死劝活也没用，只能把一个老师请到家里来。十三岁时，他领我去报考舞蹈学校，先是市里的，然后省里。我没命地展现我的长处，主考人的脸就是我的太阳，我向日葵一样朝着他。最后的复试，只有八个考生，必须穿背带式舞裙。我经过植皮而强拉成一整片的胸口，青春发育从网状的疤痕下钻出来。那是什么样的肤色？疤痕成了午餐肉颜色的爬山虎，攀在少女们最自豪的美丽段落。我从更衣室出来，主考人皱起眉："咦，叫你换衣服的啊！"我说我习惯穿自己的衣服。主考人说："习不习惯你都得换。"他向其他考官递了个眼色：她以为在考场上能撒娇呢。

我站着不动。

爸说："去换了吧。"

我凶他一句："就不换！"

主考人觉得我有些讨厌了，他说："你这态度可不好啊！"

我低着头，两手使劲编织手指头。

爸为我求情，他对主考人说："她这儿（他摸自己胸脯）有块大疤，小时候烫的。她怕羞。"

我两眼寒光。竟有爸这么不打自招的人。

主考人不讲情面，说："那就更得脱了，我还要看看影响不影响以后上舞台呢。"

我动也不动。

爸说："听见没有？没什么商量，快去换衣服。"

我觉得他也是帮凶，人怎么可以这样残忍？个个都瞪着我的胸脯，一看就知道他们的好奇心痒得钻心。我不把丑陋的伤疤暴露给他们，那痒痒是止不住的。

爸又说："你别让这些老师烦你啊！"

我顶撞道："烦就烦！"

主考人认为我是他碰到的最讨厌的孩子之一，他说："你愿意自动弃权？"

爸马上说："你看，学了五年，白学了！"

我说："白学就白学。"

主考人说："那好吧，我们不耽误时间了。其他同学开始吧！"

我和爸走出校门。爸突然扬起手，给了我一巴掌。他也不挑个地方，一巴掌从我右边太阳穴斜扫下去，我两眼一片空白，紧接着又是一片昏黑。鼻子一胀，什么东西热乎乎地淌下来。我用手一摸，是血。

爸没有弃权。他用黎若纳给他的一点外汇券买了进口咖啡、香烟。他把进口货装在侨汇商店招摇过市的购物袋里，走到楼下，又慌慌张张回去，换了个脏兮兮的尼龙布口袋。这样他的贿赂可以不夺目，可以偷偷摸摸塞在人家哪个旮旯里。他领着我到舞蹈学校的正、副校长家。我从来没发现爸有如此厚颜的笑容，怎样的冷水都泼不灭它。我坐在一边，窘得失神，不知他在和人胡扯什么。过一会，他的手伸过来，把我拽到校长面前，要我解开领口纽扣。"让人家看看。"他说，"你看看，没那么严重，不会影响上舞台的！"

我想到他绝望的那一巴掌，忍住了挣扎的欲望，让爸把我脖子下的伤疤展露了。我们出了门就又内讧上了。我说爸低三下四，像个瘪三。他说我知道怕丑小时候就不该做舞蹈明星的梦。外婆去世后，我们连个讲痛快话的人也没了，两人只能彼此出气。

所有的侨汇商品被偷偷摸摸赠出去，也被偷偷摸摸接受了。结果是勉强接收我为走读生。舞蹈明星的梦确实破碎了，因为我做走读生的第二年，就来了一位女教员，和我大谈舞蹈教学的伟大和崇高。学校马上就要选优秀学生去学师范课程，将来可以做少年宫的业余舞蹈教练，或者幼儿园的歌舞编导。女教员说来说去，意思是：做个胡蹦乱跳的孩子头比在舞台上做明星神圣一百倍。并且，候选人全是有明星潜质而放弃做明星的。我上师范班的第一分钟就明白了：这是一种不撕破脸的淘汰。班上全是脸型不端、四肢不够尺寸、练功伤得太重，或者已开始发福的人。黎若纳一手把我制造成了崇高的孩子头，将要扭着成年的臀部和腰肢，去做那些不堪入目的稚气憨拙舞姿。而我在八岁时想什么呢？想做天鹅湖中的公主。披着癞蛤蟆似的皮，做的是白天鹅的梦。“吴川，你不知道，被抛弃的感觉是在那个时候才强烈起来。”

吴川双手枕在脑后，躺在野餐台布上，我想她在我冗长的叙述中午睡了一会。她睁开眼，马上又眯起。她说：“你现在不蛮好？做舞蹈明星现在倒要退休了。”

我突然来了怨恨。她口气倒大！我现在蛮好？我干什么下贱事谋生她知道吗？我和她是从一个产道里出来的，我和她的神色是来自同样的投影，凭什么我就该那么低贱？黎若纳给我寄过名牌没有？她一心一意要把我变成她千金的女佣。我真是贱骨头啊，用那么下贱营生赚来的钱为这个宝贝儿一掷千金。

“是啊，我是挺好的。”我阴阳怪气地说。

吴川瞥我一眼。既然想闹别扭，何必要开这么远的车，找个好风景来闹？她转过脸，面朝天，把墨镜戴上。GUCCI，我看着墨镜上的品牌，宝贝儿怎么可能和我成真正的姐妹？

我也把墨镜戴上，脸朝着天。我此刻的心情是小巷里尖酸妇人的，但我已控制不住。我像是自语，讲着我十七岁时在医院等待黎若纳的五个星期五。我免不了有一点言过其实，把自己的病说得几乎奄奄一息。“黎若纳怎样了呢？她终于乘飞机来了，又回去了。因为她三岁的女儿磕破了下巴，她不愿她落疤痕。”

吴川涵养还是有的，她一言不发地听着。或许她真的意外了：原来她母亲欠过我那么大一笔债呢。

我淡淡地说下去：“黎若纳肯定忌讳肝病隔离区，万分之一的传染可能性都得杜绝。因为她一旦沾了菌，她的宝贝儿会有十万分之一的可能性传染上我的肝炎。那五个星期是她苦恼犹豫的五个星期。她一拖再拖，希望托词编得真切合理。最终没编出像样的借口，只好上了飞机，刚到达听说她的宝贝儿磕破了下巴，好了，她连借口都用不着了，打道折回。我那位死去的女病友最终看到了我的谎言破产。”

吴川戴着墨镜的脸转向我，说：“我们走不走？”

“我不是妒嫉黎若纳对你的宠爱。我就想告诉你，我为什么很难跟她和解。”

“那不要勉强和解嘛。”她说。

这个女孩已成了陌生人。我想自己这是何苦，去年深秋去敲开她那扇门。我的手疲惫不堪地收拾餐具、盘子，把昂贵的残余倒在一个塑料袋里。我不愿吴川把我看得节俭吝啬，拎起塑料袋走到垃圾桶边上，把它扔进去。我看看周围的景色，真是好景色。不远处有一家老小在吃午餐，生了一小堆篝火，火光在太阳里苍白得很。等我把吴川送回她的公寓，我们便回到我敲她门之前的情形，彼此成陌生人。从此芝加哥上空，也飘零着我那份给出去而没人要的情感。之所以那么多没人要的情感飘来飘去，因为大家都阴差阳错地施予和接受。错过去，却不知如何错过的。

我从垃圾桶边上走回来，吴川已卷好野餐的台布。赶紧收场吧，免得我们累死。我们默默地朝着车走去。地上和树上的松鼠以为我们还有心情和它们逗耍，挑衅地拦住我们。我借题发挥地吼它们："滚！讨厌！"

吴川看看我，她说："妈其实总说我不如你。"

我心想，行了，何必？

吴川接着说："我以为她好偏爱你，动不动就拿你比我，一说到你就哭。"

那是她在搞政治，我心想。这种政治平衡哪个母亲都会玩上一把。

我所有的回答就是耸耸肩。爱怎样怎样吧，我无所谓。

吴川说："你不信？"

我说："信不信都太晚了。"

她瞪着我，慢慢可以看出她的嫌恶。那意思是：你拿我清算什么呀？你母亲父亲欠你，我又不欠你！她提起两腿飞快地走到停车处，把篮子放下来。我掏出钥匙，一瓶防晒霜被带出来，滚出去。我去捡防晒霜，墨镜又掉到地上。抬起脸来，我吓了一跳：吴川用一种我从来没见过的眼神看着我。我在她眼里是丑态百出的，不值得她正眼看的。

我这才知道，她之于我是怎么回事。她优越于我太多太多，她知道这点。

告别时我们还企图装着没事。到底是文明时代，幻灭也要礼貌周全、不动声色。在她关上门的一刹那，她突然想起什么。

“对了，那盘CD你听完了吗？” 她用英语讨还东西，显出上流风范。

“好的，我明天给你送来。”

“我要是不在，留给楼下守门的吧。”

她肯定已做好“不在”的打算。

我一回到家就找那盘CD。我没有听过它，吴川听的音乐都太青春了。我想起来了，茹比好像说过，她拿走我一盘CD。一问，果然就是吴川那盘。我说她该先问过我再拿。她说她在我车上看见那盘CD，当时就问我能不能让她听两天。我说我根本不知道她说的是这盘CD。

茹比的CD我可以随便拿回来听。她对我突然的乖戾不解，沉默一会儿才问：“你见鬼啦？”

我说那盘CD是借的，马上要还。

她说她正在急诊室上班，没法给我送CD。

我说我马上去她的急诊室。

其实我是怕一个人待在公寓里。星期日晚上，我必须利用茹比对我的单方面柔情。吴川在我心里挖了个洞，总得用什么填上它。茹比不可能陪我说话，她是值班医生，周末总有太多乐极生悲的血案要她处理。但看着她我会充实些，胆壮些。

我进了医院的长走廊就听见一个人在大声吼叫，是个六十岁左右的男人，茹比正在给他处理枪伤。子弹打在他的肚子上，是从侧面开的枪，把他腹上的厚脂肪撕开一条大口子。茹比一边和我做鬼脸，一边和伤员谈话："没那么邪乎，啊？又没伤到内脏！全归功于薯条、炸鸡那类垃圾食品，才有这么厚的'防弹服'！"

渐渐听出来了，男人叫的是一个名字。是他的儿子，茹比告诉我。父子俩吃饭喝酒突然翻了脸，儿子开枪把老子打伤了，儿子现在在警察局。老子突然插嘴："是他自己去自首的！"

麻药生效了，茹比让护士把伤员推到里间，又去处理两个出交通事故的少男少女。挨儿子一枪的汉子不时还会叫一声。他叫是因为恨还是因为牵念，很难分辨。

茹比的医学学位拿到才两年，又用业余时间拿文学学位。忙碌是不介入、不深入任何情感的借口，忙碌是情感受伤者的疗养地，再忙碌的事也比感情省事。于是茹比成了世界上最忙的一个人，她不断从各个病号那里偷点闲，跑来跟我点个卯，又跑去。什么情和谊都架不住你使拙劲地维系，点到为止，大家舒服。就是和吴川最亲密的时候，每次和她分手，我既是怅然若失，又是如释重负。急诊室里血淋淋的伤者多半是亲出来的、乐出来的。一亲过了头，枪就响了。

十二点茹比下班时，我的境界已大大提高，决定以后就和吴川做"淡如水"的姐妹。茹比要我和她一道回家。CD 她留在家里，我只好和她去拿。

可怎么也找不到那盘 CD。无比繁忙的生活使她的地板消失在各种书、账单、衣服、袜子之下，只能蹚着半尺厚的报纸、杂志走进她卧室。

卧室中央有座衣服堆成的山丘，从洗衣机里拖出来，就堆在那里，要找两只一样的线袜都得像狗一样刨挖。任何东西掉在这屋里都是绣花针入海，捞不起来的。找到凌晨两点，她和我放弃了希望。她说："明天肯定能找到它。"

我说："算了吧。我去网上买一盘。"

她说："就是嘛，不就十来块钱吗？把我逼成这样！"

我告诉她 CD 不是我的，是借别人的。那人要我立刻还。她问我："你和佳士瓦分手了？"

我不懂她的意思。

她说："分手了你才会这么急着还他的东西呀！"

你看茹比把人之间的事物看得多透。你以为她没深入过任何感情关系；感情在她自身常常是供她出洋相的——比如采野花、唱小夜曲之类，她却对难以言传的感情逻辑有着神算，得数无非那么几个。也许因为她的英明预见，所以她从不真正开展任何感情。

我说："不是佳士瓦，是吴川。"

"你和吴川自相残杀了？"她还是没正经的样子。

我否认了，她也不追问。我说我得在她家过夜，因为剧烈的头痛。她两手飞快地在长沙发上刨挖，各种杂志和从没拆开的邮件被刨开了，露出的棕色皮革，因为长久不接触人而生硬冰冷。那就是我的床。茹比挣不少钱却一点安居乐业的打算也没有，晚上她匆匆逃回这里歇息，一早匆匆从这里逃走。

等她把我安置下来，她从厨房里拿出一个细长的药管。管子的一头像注射器，另一头圆润，供人插入鼻孔。然后一推注射器，药液便进入了鼻腔深部。止剧烈头疼的速效药，几分钟就消除症状。茹比在药开始驱散我的疼痛时对我诡笑一下，走开了。蒙眬中听见她在浴室里洗浴，抽水马桶一遍一遍地响。吐一口唾沫到马桶里，她也要轰然冲一次水。我没有如愿睡着，却比睡着更舒适。一种内在的按摩使我处于幸福的瘫软之中。我想好了下回怎样跟吴川说话。我要好好告诉她，我多么爱她。佳士瓦呢？我会说："你别见怪，我不是存心卖关子、吊胃口，我只不过因为胸前有一块伤疤。受伤的版图不小吧？不过我是值得你爱的，值得你忽略掉那一大片难看的肌肤，来爱我。因为你将得到比任何人能给予你的都更丰富饱和的感情。"我躺在茹比从未拆开的邮件和从未清理的账单中间，为自己构想的场景陶醉。奇怪，人为什么在谈到感情时有那样的心理障碍？做贼心虚似的。感情是高贵的礼物，人却总是送不出手，送出去也要像我爸那样把它包上旧报纸，装入破尼龙袋，最好让收礼者误认为它是别的东西。我将堂而皇之地标明我的馈赠。即便被拒绝，我也甘心。从来没有过的自信让我狂喜，睡眠若即若离，等我清醒，已经是天初明了。

那阵难以言喻的舒适和自信已渐渐离去。所有的思绪都还清晰，所以我惊讶不已——怎么会那样自信？那样大胆妄为地要去对吴川和佳士瓦明言我的感情？光是想一想都够窘。

万幸我没有真去做个蠢人。

而什么使我在夜里那样渴望去发蠢？

一定是茹比给我的药作祟。不过假如那药能给你几小时的心灵乐园，何乐不为？原来世界上存在这么一种东西，它可以释放你的诚实和自信，使你傻大胆，做个情感的堂·吉诃德。堂·吉诃德在他自身是庄严无比的，只是给旁观者看着解闷取乐。现在有种药可以消灭旁观者。我起身，蹚着茹比的财产，走进厨房。外面是淡青色的四月早晨，服了药它可以是浅粉色或嫩黄色。你想它是什么浪漫颜色都可以，它可以随你意愿幻变。我无意中尝到了吸毒的甜头。这种止痛特效药主要成分一定是可卡因。

我打开一个个柜子、抽屉。茹比有着极其简洁秩序的内部系统，抽屉和柜子里东西极少，并且极整齐。没有我要的药。我翻弄得急切起来，饿狼寻食一般，刨弄着各个匣子、盒子。一大把银餐具撞击得吵闹无比，茹比蓬着女丈夫短发出现在厨房门口。

“你找什么？”

“噢，找棉签。”

“哪儿伤了？”

我支吾了一句什么，大概说耳朵眼不舒服，洗澡进了水。茹比叫我等等，她去了自己房间。一会儿又出现了，手上有一盒棉签。

她诡笑着盯着我：“你确定你要找的是棉签？”

假如那药的效力还作用于我，我肯定胆大皮厚地承认，我过了一次美妙无比的瘾，还想再来一次。或许我也会像她一样诡笑，问她给我的头疼药怎么这么好，让我渴望永远头疼。可药的作用已烟消云散，我只能像所有正派人一样严正抵赖。

第二天我没有给吴川打电话，我以沉默拖欠她的CD。第三天她打了电话来，我不在家。她没有留话在留言机上，但我一看就知道她几次想对着留言机说什么，又作罢了。几个无声留言让我猜想她到底怎么了，是不是又病了。

我按了门铃便后悔。又自找上门，好像走亲戚走热络了，不走受不了。吴川看见我便说："你怎么把脸涂那么红啊？"我说："我没涂任何脂粉，大概步行上楼热了。""不会吧？"她的笑容如此带有揭露性。我一进她的公寓就直奔浴室，别上门，开了化妆镜上方的灯。的确把脸涂成了个小丑，两块圆胭脂都没抹开。开车化妆是碰运气，光线也讲究不得。我用手把两团红擦掉，又洗了手。正要开门出去，想起什么，又拉一把抽水马桶。这样听上去我进浴室不是改妆。出来后我故意扯开嗓门，东拉西扯把自己弄成一个随意来去的常客。吴川等我闭嘴马上说："现在好多了，两团红抹开了。"我对她无情戳穿的话装聋，打岔去说正在放的一部电影。我不过读了报上的影评，但谈论起来就像我看过似的。

吴川把我丢在客厅，自己去打电话。她的电话是被我按门铃打断的，她明白地告诉我。她拿着无线电话在各屋走动，翻开随邮件来的各种广告，再把翻看过的扔进纸篓。纸篓是铁丝和彩色玻璃珠编织的，她发现上面少了一颗大珠子，便弓腰四下寻找。我坐的蒲团下她也找，做手势叫我挪个地方。实在找不着，她皱起眉，小脾气上来了，蒲团给她抛得满屋子，同时对电话上的人说："真烦，我最喜欢的东西毁了。"

小纳粹在那边？

我来的不是时候，待的不是地方。

她见我站起身，拿起包，匆匆对电话中的人说她一会儿再打回去。

她挂了电话，问我为什么不给自己弄茶。我耸耸肩。她飞快地进了厨房，一会儿端出茶盘，我一看茶叶是我喜欢的毛峰。她打开铁听外面的塑料封皮，一盒未启过封的新茶叶。专门为我买的？我又要自作多情了。

我没话找话说。她拿出蔻丹来涂脚趾甲。我说："茹比拖我下水，用可卡因或者海洛因给我治头疼。只不过经了医生处方，毒品理直气壮地成了灵丹。我想再头疼一回，正当地享用毒品。"

吴川打断了我："是 she。"

"什么？"我问。

"你老把 she 说成 he。一开始我特别吃力，不知道你在说谁。对不起打断了你，往下说吧。"

真是愚蠢：原想用那么个事件证明我也可以堕落，也可以把堕落看成"酷"。她却排斥了我，用不着我降尊和他们为伍。她今天挑了我多少刺？先是化妆，又是英文。她够优越了，用不着夸张她的优越感。从小上贵族学校的宝贝儿表示她对我的杂牌英文忍受了很久，实在受够了。我就是这么一个陪衬人，黎若纳用来衬托她完美无缺的宝贝儿。我无心再挽回什么。她看出我恼羞成怒，看出我怒得几乎要破口大骂。让她看出来好，芝加哥反正已进入了春天，人们可以坐在露天咖啡馆做陌生的伴侣。偶然有人搭讪，很好，什么后果也不会有。人从群居走向独居是进化，我这样玩命地串亲戚是退化。露天咖啡馆无数，酒吧无数，你可以有无数陌生人做伴，有密歇根湖的湖光水色给你看，伴儿和伴儿都视而不见地挤坐在同一把遮阳伞下。有种说法是有些生物永远遇不上另一些生物，因为它们的物质密度不同。权当我有个不同物质密度的妹妹吧。

我向门口走，吴川大声问：“CD 你带来了吗？”

她认为我这次来不该是闲串门，应该有正当理由。不归还她的东西，我来干吗？

我说：“非常抱歉，我借给茹比听，她不知把它放到什么地方去了。不过过两天肯定会找到。”

她说：“你怎么让她随便拿走了？”

“是她问我借的，不是随便拿走的。”我也来了脾气，“不就是一盘 CD 吗？丢了我买一盘赔你。”

“那是我妈送我的生日礼物！”

原来我把她妈的慈母心看得太不值钱了。十来块钱，网上邮购，要多少有多少，那也能和千里之外的慈母亲手选购、亲手装盒、亲手邮寄的东西相比？并且言明那是“我妈”。

“那告诉你妈，对不起了。”我说。

在走廊里我听见门“砰”的一声关上。真实嘴脸露出来了，一盘 CD 就能让一张真实嘴脸露出来。能够及时翻脸的人是强者。剩下的像我和爸，招之即来，挥之即去，给一点好脸色就梦想翩翩。爸永远也不会和黎若纳翻脸，不是因为他宽宏大量，而是他自身致命的需要。我们都因为这致命的需要而强硬不了。

当晚吴川居然又打电话给我，问我找到那盘 CD 没有。她逼人太甚，我决定不做任人伤害的废物了。我说：“什么了不起的屁玩意儿，我马上给黎若纳打电话，叫她给我也寄一盘来！甜言蜜语管什么用！寄东西从来没我的份儿！”

得承认这话很弱智。但我没办法，顾不上掩饰自己满心狭隘的冤屈了。

她说：“是不是我所有的东西，你都想分一份儿？”

我听出她的话含有更恶毒的暗示，我说：“你什么意思？”

她说：“璜也该有你一份儿。”

我气得话也说不出，听她分析为什么璜在和我谈话之后躲避她。已经不成体统了，她把我当什么货色？原来这么多天她一直把我看成一个无耻的插足者。香港人冷血果真冷得纯正，那些冷血大家族肥皂剧教导出这位小姐的感情品位。我居然想和这么个人姐妹一场。“砰”的一声，我看见一杯红酒在我对面墙上放开了焰火。庸俗的小妞儿，贵族学校对她的俗无能为力。

我说：“吴川，你听着，下面是我跟你说的最后一句话，完了我们再也用不着说话了。”

她说：“我听着。”

“璜和你的事我管错了。我和他谈话是警告他：别把疱疹传给你。我叫他去找个医生，做一份病情鉴定，我承担医疗费。你不信可以问佳士瓦，他碰巧在场。”

她嗓音泼得厉害，说：“你算谁？和他说那样的话？！你比我想的阴暗十倍！你出卖了我！也出卖璜！现在他的教授都知道璜得了疱疹！”

我说：“璜不是教育你不要歧视疱疹患者吗？”

“你太阴暗了！”

我看着红酒在对面墙壁上淌下来。看着黎若纳擦拭着泼在她脸上的红酒。黎若纳一生就欠谁这么爽地泼她一次。

我“再见”都不说，就挂上了电话。三分钟之后，吴川又打回来，她还没吵过瘾，我让电话铃去空响。她气急败坏，在留言机上发狂：“你挑拨！出卖！我那时把你当亲姐姐！”她泼妇似的叫阵。黎若纳，看看你的千金，这么好的英文句法糟蹋了吧？吴川继续在留言机上叉腰瞪眼唾沫四溅：“你接电话！不接就是自认理亏！”

随她说什么吧。我又给自己倒了一杯红酒，用手机给佳士瓦打了个电话。他答话声音很低，说他正在医生办公室。我问他得什么病了，这么晚去看急诊。他说他马上给我打回来。等我挂上手机，吴川也闹完了，她最后几句话我没听见。

佳士瓦来的时候我醉得足以上大街去演讲了。芝加哥的夜晚到处有这样愤怒的空谈家，酒精让他们看到如云的听众，听到雷动的欢呼。我脸上挂着永恒的微笑——许多祖先相片上的那种深明大义的微笑，给佳士瓦开了门。他说我穿和服很别致，我低头看看，果真看见下巴下面有一具穿和服的身体。伪装的和服，是生产睡衣的厂商急于走出经济困境，在一本关于日本艺伎的俗不可耐的小说轰动后，想尾随着弄出点东方肉感主义。

等佳士瓦也醉得一脸傻笑，我们终止了谈话。原本他在这个时间来也不是想谈话。三分钟之后，我们已和地平线同一角度了。沙发使我们动作起来受限制，而正是这种不择场地的即兴感让我们成了十几岁的高中生。似乎是太情急了，我们都没有剥干净衣服。

停下来后，酒醒了一半。我发现我们已滚落到地板上了，上身靠着沙发。我问佳士瓦什么急病让他去看医生，他说是心理医生。心理医生生意太火，时间往往排到晚上八点。我问他为什么突然需要看心理医生，他奇怪了，说五个人里有三个看心理医生，他和他的心理医生是十多年的老交情。

原来是这样：一个人在湖边的露天咖啡馆和陌生人搭讪，再付高价找心理医生进行深层倾诉。明的暗的、浅的深的交情都有了，所以用不着走亲戚。群居的猿类后代们继续进化，靠酒吧、咖啡馆、心理医生、电子网络进化到孤居。心理医生是你最牢靠忠实的伴侣，你最肮脏、罪过的想法和行为都得到他的包容。佳士瓦最近的罪过想法是如何消灭他和我之间的最后距离。

我和佳士瓦紧密依偎，却是通过某幢楼里的心理医生调整情感的进度、浓度。假如有个心理医生在我和吴川之间，我们也会省事得多。和吴川谈时尚、美食、大减价、春游，和心理医生谈对姐妹情感致命的需要，对吴川的爱怜和担忧。没有心理医生作为情感的中转站和调度室，你看看我们之间发生了什么？两败俱伤。人对情感怎么这样无能？

佳士瓦的心理医生一定怂恿他：勇敢些，攻克最后的防线，缴下她最后的羞耻。而他还是仁义的，没有给我来个彻头彻尾的真相大白。他和我在醉酒时也有进化到今天的理智，默契地不去触碰我的伤痕。

这个夜晚，多少醉鬼对着黑暗的空虚吐露真情？大声地宣布他们的恨与爱，词不达意、句不连贯，不要紧，不耽误他们痛快。

送佳士瓦走时，我说："什么时候再见你？"其实我是说：我好不舍得你走。

佳士瓦说："随时。"他的意思是：过一阵再说吧。

我们俩相互需要的时间、地点总是合不上，要么他的需要被我错过，要么我的需要他毫无觉察。这得下多少功夫才能使自己和对方不多余？之所以图省事的人越来越多，道理正在于此：私情的话可以找心理医生去说，废话反正有陌生人听，生理需要都不必费事去找搭档，我的右手就可以做他们的临时甜心儿。吴川突然发现她生活里多出个累赘的我，如此原始，把打扰当成呵护给她，她可受够了。

突然接到黎若纳的电话，她居然得到了我的手机号码，最后的清静角落失去了。她说是爸告诉她我的电话的，她上来就责备我不常给爸打电话。这个荒唐女人，说爸听上去肺水肿又发了。我想那你就省省吧，别让他浪费呼吸来招架你的啰嗦。这个独自为战的世界只有一个例外，就是黎若纳。她蛮横地施予她的感情，自信那是人人都需要的东西。她说我和吴川的感情让她感动得潸然泪下。吴川告诉黎若纳我给她买衣服、带她去春游，这些就是黎若纳所认为的"深厚感情"。当年吴老少爷给她一颗钻石就是爱她至死的宣言。她活这么一把岁数还不明白，就明白不了了。黎若纳在遥远的香港语塞，陷在肥皂剧式的百感交集之中不肯出来。我把电话挪得离我耳朵稍远。黎若纳说："她每天和我电话里都是说你。把她交给你，我放心了。"

吴川对她从不认真，就像此刻，她说得热火朝天，我只是招架。看来吴川没告诉她我们已不来往了。我也不会告诉她，那样有引发她讲八小时电话的危险。

第二天傍晚，茹比把吴川的 CD 找到了。她说为了找它她险些雇搬家公司来把她的家具都挪动一遍。我把 CD 装进一个快递信封，但走在马路上又想，和吴川比赛绝情有什么趣呢？还是宽厚些，不计较她的绝情吧。夏季前的大减价已经开始，我进了迷宫般的超级购物中心就一阵头晕。多么无人性的地方，就是要你迷途，在迷途中加速对你异化。我找到了吴川喜爱的几个名设计家专柜，东西已经乱了秩序，大堆的 T 恤、牛仔裤也混了进来。这是最合适做陌生人的地方，可以肆无忌惮地损人利己，丢弃公德，他人的手来不及抓获的衣服，你先下手为强，喜不喜欢先抢到手再说。

这是礼拜五晚上，万人空巷的芝加哥，人都暂时移民到这类超级购物中心来了。购物中心要对非人性、非私人化、非个体化的当代人际关系负责。购物中心之内，皆陌生人也。我也是抢购老手，抓了几件吴川式的衣服便去替她试穿。从三个方向的镜子里，我看见自己的背影成了吴川的。我站着，想定定神，这大概就叫爱屋及乌吧。

我刚刚把几件不太合适的挂回衣架，两个年轻的女保安出现在我面前。陌生得过火，就成了她们这样煞星面孔了，她们一模一样的凶煞脸容使她们成了胞姐胞妹。我以为自己英语听力下降，把她们的话听成了：“跟我们来一趟。”所以我笑了一下，表示不解。

“你跟我们来。”其中一个女保安说，她的肤色白得不近情理。这遮天蔽日的超大购物中心使她血色流失。

“怎么了？”我问。

“去了你就知道了。”

现在我看清了，这是两个年轻的女白人，二十来岁，芝加哥的郊区女子，以白种为自豪。我觉得她们的语气不是对待无辜公民的，我说：“我没有义务跟任何人走。”

“你想让周围人看戏吗？”

说话的是短发女子，手上掂晃着一根警棍。

“你把话讲清楚，你们要我去干什么？”我说。我想我大不了在抢抓衣服时，把某件贵重衣服弄到地上了，踩了几脚，造成了点无伤大雅的损伤。可在场的人谁不这么干？

“你还想要我们给你留点情面的话，就乖乖跟我们走。”长发女子说，中西部农民口音。

“我不会跟你们走的。”我说，我身后人口十三亿之众的祖国让我自信。我突然很想惹惹这两个女白人，“你们也不必给我留情面，就在这儿对我宣判好了。”

两个女子一左一右地袭来。还是有一点训练的，其中一个揪住了我的右臂，曾经屠宰业发达的大都市养出她们一身牛劲。我像被夹在两座硬木大柜子之间了，我当然要垂死挣扎。我的肩膀猛一震动，知觉被击散了好一会，才又聚合。我居然挨了警棍！

“你们凭什么打人？！”我叫得像个狂人，“我要控告你们！”

她们发现我疯起来劲也不小，嗓门更大得可怖，她们特别瞧不起中国人的大嗓门，于是再给了我几棍子。我举在空中企图保护脑瓜的右手挨了一记，食指顿时肿得像根牛肉肠。现实已褪色，成了灰褚色的梦境。

然后我就在一间小屋里了。小屋不是直角，一边是钝角，另一边是锐角，天花板斜削下来，站在里面得长久鞠躬。两个屠夫的女后代叫我剥下外衣。我不想吃眼前亏，便把短风衣脱下来。里面是件薄羊绒衫，圆形领口，什么花哨也没有，百分之八十芝加哥女人拥有这样黑色的薄羊绒衫。

“把它脱下来。”短发女子说。

我死也不会脱的。两个白种女人要作贱一个亚洲女人，把她布满丑陋伤疤的胸脯展露给她们取乐。我有人性和种族两重尊严需要捍卫。她们坐在一张情人沙发上，我只能鞠着躬站在她们对面，屈辱够让我精神分裂了。

“你不脱？”

我瞪着她们，我们的教育中幸亏有英雄主义。

“你不愿脱的理由很简单，因为这件毛衣是你偷的，我们早就在注意你。你把偷来的衣服穿在里面，外面套上你的旧衣服，大摇大摆就走出去了。”

我气急交加，一阵哑然。然后我指着身上的黑毛衣说：“它是我去年买的，干洗过两次了！”我觉得这个误会造成的冤案不久会被澄清，用不着声嘶力竭。可我管不住自己的中国嗓门：“你们凭这个打人？等着吧！”

长发女子说：“你怎样行窃，我们有证据。”

“拿出你们的证据来！”我咆啸。

“证据对你是保密的。我们在法庭上，关键时刻才出示证据。”

短发女子说：“你说你没偷，有证据吗？”

“没偷能有什么证据？！没偷就是没偷！”我听着我的嗓音已是血淋淋的了。

“你没偷什么？”短发女子倒十分镇定。

“没偷这件毛衣！王八蛋！”我扯着毛衣前襟。

“那你偷了什么？”

这样弱智的对话对我不利。我的右手食指的肿胀不断在增加体积，色泽也不新鲜了。骨折，或者粉碎性骨折，我巴望我能伤得更惨重。七岁的我巴望能被烫成一块残渣，让黎若纳的良心从此不给她好日子过。爸得肺水肿，我也巴望他把症状夸大，成个心碎濒死的梁山伯，让黎若纳看看她把这爷儿俩祸害成什么了，让她良心受大刑，让她锦衣玉食而不得安生。

我说：“我伤得太重，我不知道还能清醒多久。听着，我要求见你们的经理。”

“你不用担心，我们不会瞒着上司采取这么大的行动的。”

“我要见你们的经理。”

“已经和经理通过话，她要我们自己掌握。”

“我要见你们的经理！”

两人看着她们对面的这双眼。一双黑色的亚洲眼睛。此刻它们是直直的，像她们屠夫祖先刀下牲畜的眼睛，假如一刀下晚了，疯狂就彻底暴发，这样的暴发是自毁也要毁灭一切。是很本能、很生物的力量，它打破一切物种的界别，人也好，单细胞生物也好，都在这白热化的狂怒中成为一样的生命，一股嗜血的激情，一种亡命的渴望。

经理在五分钟之后来了。一个四十多岁的黑衣女人，让香水腌渍的一具肉体。她冷着脸说她希望一切都是误会，但我必须配合她们，她们才能弄清它是否是个误会。她词汇量可怜，却偏偏想和我打词令交道。我阐述了我如何挨了三棍子，手指很可能落下残疾。她一摆手，叫我闭嘴，表示她已知道我挨揍的经过。因为我抗拒，所以女安全员们不得不使用她们的工具。我说在中国逮人也得逮个明白。女经理一笑，说："那就回中国去吧。"

女保安小声对经理说了句什么，经理点点头。

她说："现在给你十分钟，你好好想想，是不是该脱下你偷来的衣服。"

我说："这件衣服是旧的。有眼睛的人都能看出来它不是新的。"

女经理夹在两位女保安中间，动了动屁股。两人坐的情人沙发坐了三个女大块头，看上去很滑稽。女经理又和两个女保安讲了几句悄悄话。好了，现在要全力对付我了。

"八分钟了。你想好没有？脱不脱？"

"这是旧衣服，是我的私有财产。"

"谁能证明它是你的私有财产？"

"我的朋友。我的朋友们见过我穿它。"

"那不算证据，你完全可以偷相同的衣服。这种衣服多一件没什么坏处，它永远不会过时，无论在什么场合穿它都合宜，我自己就有三件这样的黑毛衣。"

这女人开时尚讲坛呢。

“那我还有证据。”

“我能知道吗？”

“我会在法庭上让你知道的。你们不是也对你们的证据保密吗？让我们都保留我们的秘密武器。”

实际上我是虚张声势。我哪儿来的秘密武器？最多请茹比作个伪证，说那件毛衣是她送我的礼物。也许可以有科学鉴定，证明它绝非崭新。可这类大减价往往把某些人的退货也拿出来卖，有些缺德的人穿一件新衣服出过了风头、过足了瘾又去原价退掉，我做学生时没少干这种缺德勾当，所以即便科学鉴定出它是旧货，也不能完全为我的案子昭雪。

“最后三分钟。你不脱，我们就要对不住了。”女经理醉心自己的上流腔调。她是墨西哥人，从得克萨斯的海域偷渡过来的，或者是从新墨西哥的沙漠上徒步走来的，一同走的几户人大概要丧生一半。也许是两三户人一块走的，通过沙漠后就被打他们埋伏的警察发现了，逃入境的可能只有一个父亲、一个女儿，女儿出息成了这个没人味只有香水味的女经理。移民往往对移民无情，美国政府阴暗恶毒，利用人性中这个谜一般的特征，把移民们驯化成边防警官、移民局官员，以及眼前这类头目。他们对美国人不留情是自然的，而对和他们经历相仿的移民更心狠手辣。他们当初是九死一生的幸存者，而今却绝不能便宜你，让你顺顺当当就在这国家落下脚，和她分享自由女神阴影下的幸福生活。

“脱了她的衣服。”女经理对两个女保安说。

“敢！”我向后退了一步，脊梁恰好抵在天花板的下斜线上。猫科动物把防御和进攻同时放在这个动作中：将脊背塑成完美的拱形。我想死给她们看看。我想死给黎若纳看看，肝病隔离区和烧伤病房的幸存者要用死来告诉她：她造成的里里外外的疤痕比我私部更隐密。我只要有一口气，谁也别想看见那粉红色的常青藤怎样爬满我的胸脯。

可这间怪异的屋里连自我行凶的家什也没有。她们三个人向我围来，围成了三颗围棋子。我要被她们吃掉了。

下面的事我在事后也无法厘清。一定是我玩命反抗，她们警棍齐下。然后我人事不省了，她们也许有些不安，从我挎包里翻出了一张纸，那是半年前我记下的吴川的手机号码。虽然我拨一遍号就背熟了，可我每次清理挎包都没扔掉它。每次看到这个号码，都让我重温写下它时的心情。像什么呢？像是十多年的战乱之后，你以为你丧失的亲人，突然有了消息。后来我企图对自己否认这个心情，不否认我就得承认自己像爸一样贱，在感情面前总是摇尾乞怜。她们用这个电话号码给吴川打了电话，吴川赶到时我一身淤紫，披头散发地昏迷在角落里。她看到的我像个真正的扒手，因为手艺低下而落网。她嫌恶地看着我被剥下自尊的身体，吃不准我手脚究竟干净不干净。一个弃儿难免会染上贱毛病，比如翻口舌告刁状、小偷小摸。好了，这下她对我的品行不端、贫贱而卑劣不必再怀疑，都被证实了。商场安全系统会凭空揍一个大好人？在香港人眼里，美国有许多值得羡慕的人权保障。她想我或多或少是罪有应得。

因此她浮现在我渐渐清晰的视觉里时，面色苍白而淡漠。我渐渐意识到我在一家医院的急诊室，我感到既无望又无力向她说清什么，我的屈辱十倍于被无故殴打。吴川问我想不想喝水，我摇摇头。闭着眼睛，可以不被她的完好和优越所刺痛。她告诉我，茹比刚走，她得上夜班。

但茹比已和一个律师联络过了，律师会代我和这家商场打官司。

“要给妈打电话吗？”吴川问道。

我闭着眼使劲摇头。关闭的眼帘让我独自待在狭小却安宁的空间里，断绝了和一切事物人物的关系。这个空间对于生存不甚理想，却很省力。不必管他们把我搬运到何处，对我的手指做些什么。手指在另一些手指间变幻位置，显然在接受X光检查。诊断是骨折，没有比这诊断更不能刺激我的惊奇的了。

又被搬运回来了。我关闭的眼帘外一切惨案照例发生，撞车的皮开肉绽，斗殴的血肉模糊，呻吟与号叫组成多声部合唱。吴川问我：“疼吗？”

我没有任何反应。

为什么挑选了我作为迫害对象？一眼看去我比一大群抢购服装的人更适合迫害？这是个著名的白人区，一个亚洲人显得刺目？

在我关闭的眼皮外面，吴川的嗓音尖利起来。她质问护士长：“为什么后来的病人先做处理？”护士长见的血淋淋的面目远多过正常脸容，也见惯蛮横暴躁陪同者。她平淡地告诉吴川，我看上去没有生命危险，所以得等一会。吴川更尖利了，说看上去没有危险不等于真没有危险，脑子和胸部说不定有内伤。护士长说她管不了这么多，有意见找医生提。

吴川的声音又响在另一个方向。她一定等得不耐烦了，想早些结束这幕荒诞惨剧，对我和她自己有个交待，好早早回家。

等她回到我床边，我闭着眼睛说：“你先回去吧。明天还有课。”

她不语。

又是几番劝慰，我说我自己感觉不坏，就是疲倦，想睡一会儿，请她放心回去。我不想看她的反应，因此眼睛始终闭着。我也怕一睁眼床边真的空了，那是黎若纳投奔吴岱之后的事，外婆在一次小中风之后尚在恢复中，爸只能带上我为他的画报社去外地拍摄资料。七岁的我一次醒来发现四周漆黑，没了爸的影子。我想一定是爸把我丢在招待所，自己偷偷走了，爸也不再要我。我用被子捂上头，嘴里数着数。假如数到一百，爸还不回来，他就不会再回来了。每次数到一百，我都心惊胆战地慢慢掀开被子，爸没有出现。但在被子下面数数时，我仍怀有那么大的希望。后来我一边哭一边数，想让数数的声音压倒哭声。只要封闭在那狭小的空间继续数数，希望就在那里。终于我数不动了，哭得嗓音全消耗完了。但我不掀开被子，不去面对失望。只要回避失望，便总有一线希望尚存。爸为那次夜出打牌愧疚了几十年。

我睁开眼，床边果然是空的。我对失望回避了那么久，最终还是没成功。护士办妥了我的出院手续，问我自己能不能开车，我想能不能都得自己开。清晨高速公路上飞驰着不相干的车辆，谁都嫌谁多余。

茹比请的律师早晨九点来到我的公寓，他先提出自己的法律费用，一小时三百五十元。我的公寓卖掉大概刚刚够他打赢这个官司。假如我赢，可以得到两百到三百万的赔偿。值当一赌，我光棍一条，怕谁？不得到赔偿光是出口恶气，都值得赌一把。律师建议我不找媒体，媒体一介入，法庭会指控起诉人已经利用媒体炒作而不受理案子。佳士瓦把律师全看成恶棍，建议我投靠媒体。“这是个有极大潜力的政治案——种族歧视、种族迫害。可以震撼芝加哥，让那些商场的董事们来出面道歉。

你以为法庭可以为你主持公道？错了。在美国谁的钱包鼓法庭就为谁撑腰，你倾家荡产也抵不上商场一根毫毛。”

我决定先上法庭，赢不了再诉诸媒体。

让佳士瓦言中了。我每星期收到巨额的律师账单，官司却无望打赢。茹比叫我耐心，因为她请的律师极有才干，常常打赢这类官司。我没好气了，说我已经自己挖自己墙脚，从买下的公寓中往外抽款子，一堵墙一堵墙地往律师腰包里送。她说：“想想你将得到多少赔款。”我说：“那怎么到现在连赔款的气味都闻不着？”茹比说：“那就证明对方请了个更有名更有才干的律师。”我问她：“干吗我不换个更有名更有才干的律师？”她说：“当然可以换，只不过一小时不是三百五，而是五百块到六百块。”

到了初秋，我眼看要一贫如洗。等那笔巨大赔款到手，我肯定已经饿死。我右手骨折终止了我从正常或非正常按摩来的收入，做现代舞代课教员的计划也落了空——面试的结果人家都懒得通知我。吴川暑假后从香港回来，每天和我通一个电话，例行公事，开口就问和那家商场的官司有结果没有。现在好了，我和她可找到一个供我们谈一两个小时的话题了。我把律师的话转述给她，也把茹比和佳士瓦的看法讲给她听。她不是真有兴趣，只为她能表达一定的关切又不必向我掏心窝子而庆幸。有几回她冒出一句：“那女经理穿的是St.John（美国名牌服装）套裙？”或者：“那女经理有没有五英尺七英寸高？”总之，在我长长的转述中，她脑子大大地开小差。我想，出了这件事唯一的正面效果是让我们俩不露痕迹地讲和了。讲和后我们都学乖不少，决不谈知心话。

不仅吴川和我有了个好话题，供我们把姐妹关系不冷不热地拉扯下去。佳士瓦每回和我谈话，也是只谈这个案子。大家都发现了新的情感重点，把个人性的情感移换成阵营化的、广大得多的情感。这样多好，频繁往来，却很好地避开了突然逼近对方心灵的快捷方式。从那晚佳士瓦到我公寓来，两人借酒发生了一场不明不白的亲热，他和我都有点尴尬，不知下一步该干吗。他首先想从僵局里退一步，在我出事之前，已很少接到他的电话。

我卖掉了一根自己为自己买的钻石项链，它够我付两个月的生活费用。清贫惯了，回到清贫中使我感到亲切。吴川有一次来我的公寓，我给她烤了一块牛排。我说我从来不爱吃牛肉，她撇撇嘴一笑，谁相信呢？她对我从来没有放松过观察。有时在她那儿一块吃点心，我情不自禁喝掉果汁瓶里的底子，或者吃下糕饼盒里的碎渣，都会突然发现她在盯着我，眼神既不解又鄙夷：这些自然顺畅的贫贱动作是怎样来的？我从一个穷孩子变成了个穷留学生,其中包括多少令她不解和鄙夷的细节。她吃了半块牛排就饱了，我把剩下的半块牛排用锡纸包好，放进冰箱。整段时间她都在和我谈那场官司，官司到了扯皮阶段，仅有的进展是对方承认她们可能认错了人：我和一个偷窃犯长得一模一样。从电视监视器里，白种人看不出我和偷窃嫌疑犯有任何区别。我的律师要求对方公开监视器里录下的画面，对方的律师拒绝公开。法官站在对方一边。

吴川插嘴道："你赢不了的。"

我有些气恼地问："为什么？"

"就是把我爷爷的财产全拿来给你打官司，你也赢不了。再有钱也阔不过他们，那是一家最有实力的商场世家。”

我不说话，她在我这儿长敌人威风。她看出我的不悦，低声说：“你看你都过什么日子了？连减价牛排都吃了。还打，还打。”

我顶她说：“谁说是减价的？”

“我看见垃圾桶里的减价标签了。”

她存心揭我短。香港人的冷血，我算领教了。我看她自顾自地开冰箱，拿出半盒牛奶。冰箱基本空空荡荡，里面搁着半块她吃剩的牛排。我突然恨透这个被宠惯坏了的女孩，我曾经打肿脸充胖子，为她花钱如流水地买礼物，现在全部露馅了。嫌我低贱？好，我要她知道我到底有多低贱。

我告诉她我的同居史。那个抽象派雕塑家和我一见钟情。他在私人画廊打工，晚上弄他的雕塑。他说罗马尼亚人布朗库兹三十岁当洗碗工时，谁会相信他将成为世界上最伟大的抽象派雕塑家？我是被他当抽象雕塑接受的。后来想起来，一定是那样：他觉得我布满伤疤的胸部就是毛坯的雕塑。那时刚拿到博士学位的我正疯了一样到处找工作，舞蹈物理学？人们都以为我在表格上填写错了，怎么也想不到谁会去设立这么个无聊学科，并有我这样无聊的人去学它。

半年后我参加了三个月的推拿培训，不久也混起江湖来。我的生意不坏，每天有两三个预约。男顾客渐渐多起来，我感到他们的亲善有些不祥。事情就那样开始了，一个男顾客说他以每小时一百元的费用买我的“特殊按摩”。他劝我想开，别把它看得那么个人化。就像医生和护士对待病人和伤员那样，打交道的是一个伤口或一个器官，其余的，全部漠视掉。这是个可怕的起端，一百元让我漠视我的整个存在，所有责任都推给这只右手，脏也只脏这只手。这天夜里雕塑家正在工作，我突然崩溃了。我竟受了那样的引诱，霎时间背叛已发生。当然，我把事情告诉雕塑家时，尽量把自己说得委屈、受侮，几乎是枪口逼迫下的选择，我时刻准备阻止他冲出去和那个男顾客决斗。他听完后发了几秒钟的呆，然后说："让我来算算我们俩每月的开支。房租一千，水电、电话四百，这样的收入，你完全可以支持我拿出几件杰作来。我不必去画廊打那份工了，一个小时十块钱，对一个艺术家的年华就这样践踏！"我释然了，但马上又觉得痛心。他不在乎我的收入怎样来，只要能供他一心一意成为布朗库兹，他的雕塑远远比我的尊严重要。他突然把我抱起来，说这下他可以和我结婚了。我不懂他这是什么意思，跟着他狂欢。他说马上就去换辆新车，旧车拉雕塑材料不够大，还老抛锚。他很快帮我建立了一个网页，标明我提供的各种准医学非医学按摩，又在几家小报上登了广告，请读者去查我的服务网页。形势的急变让我意外极了。我原想从他那里得到宽谅，得到的是这样一番如痴如狂的嘉贺。我的生意不久好起来，而我的心情越来越暗淡，这是个仅次于娼妓的谋生手段。他毫不介意，做着和我结婚的打算。在一个雪后的清晨，我被我悟到的东西惊醒。在我开始挣那些下作收入之前，他从来没想到和我结婚。似乎有一大片难看的伤疤必须搭上我的优厚收入，才配他考虑和我从长计议。收入怎样不三不四，他无所谓，只要把他的最佳年华省下来。我独自在丰厚的雪地上走，更可怕的念头冒上来：我在雕塑家眼里从来就是残缺的，半个女人。有着那样的胸脯就将就活着吧，能干上一行挣钱不错的营生还挑剔什么？我看清了我在他心目里的价值，他要把那一点价值榨出来。从一见钟情开始到这个清晨，我看到了自己直线掉价的过程，怎么可以一边让他倾榨一边让他嫌恶？

吴川看着地面，不敢看我，她吃不消了，这正是我要的效果。她在想这女人怎么配做她的姐姐，怎么配和她同出一个母体，她在憎恨对她讲这段脏事的人。需要懂得这样一种低贱的人生吗？完全没有必要，把这种语句向她灌输是污染她的人格。她一动不动，细长的腿悬在沙发扶手上，上半身比腿低，坐在沙发里。这不是个让人待得长久的舒适姿态，她却长久地耽于此姿态。

我想我只能说到这里了。

过了半小时，她说她该走了。她对那段凄凉的丑恶故事消化不良，得一个人慢慢消化去。

我把她送到走廊上，一阵病态的快感上来，她听听都窘成这样！看清楚了吧？黎若纳的血可以有你那样的流域，也可以像我这样改道，九曲十八弯，浊浪滔天。

吴川抬起头，几小时中她第一次看我的脸，她说："那干吗不回国？"

我说："我不知道。"

其实我想说：一个小说家说过，盼望远行的人是不快乐的人。读那本小说时我还没吃透他这句断言，现在我明白了，盼望远行是因为她（他）对故地不满足，或深深地失望了。远行或许会带来转机。可能转机都不必，对一个深陷在失望中的人来说，摆脱失望就已经是改善。我十多年前选择远行，证明我是个失望者。

我的律师第二次败诉。时候到了，该停止拆我自己的窝去填他的腰包了。佳士瓦双手赞成，说我何苦花几万块钱去认识美国律师呢？他早就免费提供了警告。现在该他登场，他找了一个朋友，此人时不时在芝加哥导报上发书评。两个星期后我被接见了，芝加哥导报的一个编辑听完我对这场不幸遭遇的控诉后，说：“等会儿，这事什么时候发生的？”我告诉他事情发生在春季大减价的时候。他说：“那么已经发生五个多月了。”我说：“没错。”他说他看不出他的栏目有什么必要报道五个多月前的一桩新闻。

佳士瓦说：“难道五个月之后，芝加哥的种族歧视就大大改善了，这种事不再发生了？”

编辑说：“这件事固然不幸，但它没有暗示什么种族歧视。”

佳士瓦说：“这明摆着是种族迫害！”

编辑说：“对方有没有提到关于种族的字眼？”

佳士瓦甩回头来，瞪着我。他要瞪出我的种族、政治觉悟来。可我一时想不出对我有利的话，只好瞪着他。编辑代我回答：“看来是没有。从你刚才的陈述中，我也没听出什么种族冲突的倾向。”

佳士瓦说：“那个区全是白人，长久以来排斥有色人种，这不是秘密吧？”

编辑说：“那是你的认识。作为报纸，我不能把可能性当做事实来写。”

佳士瓦说：“就按事实本身写，已经够发人深省了！”

编辑说：“不瞒你说，这类事天天有。人们知道种族话题敏感，容易炒热，一有什么争端，就往种族上扯。我们天天能收到这类稿件，一家旧货店有两个女人同时看中一件旧衣服，结果老板卖给了亚洲女人，黑女人控告老板是种族歧视。”

佳士瓦的脸在一圈黑胡子中间变得灰白，他说：“你明明看得出她的事件和你说的完全不同，”他指我，“性质上是一个天一个地，你是存心搅和是非！”

编辑说：“性质上，我看不出什么不同。”

佳士瓦哈哈地笑起来。灰脸膛儿大胡子发出那种笑声，非常可怕。他笑完后说：“那你就不该做一个著名大报的编辑。”

编辑站起身，快步往接待室门口走。然后他立正，侧身对着我们，一手握门把，他天天要无数次地重复这个“恭敬送客”的动作。有时是真恭敬，有时——比如此刻是侮辱式的噱头。

“但愿现在是五个月之前，”编辑说，“我可以把它作为一则新闻报道出来。”

佳士瓦一个人直冲冲往前走，我小跑着跟在他后面。假如芝加哥是这样一座没有天良、没有公道的城市，他会离开它。佳士瓦是芝加哥的本地佬，现在也是个深深的失望者。他曾对我担保，芝加哥会为我做主，不然他不再认它为故乡。我一路小跑，踩着地上头一批落叶，暗暗感激为我和芝加哥著名大报撕破脸的佳士瓦，就用这个形式爱我吧。他终于站下来，对我说路还没走绝，还有其他的报纸，实在不行，他们有一份赠阅的文学杂志。

我们一同去看了电影。电影院有十来个剧场，一场电影从中段看，然后再去看另一部电影的开头，回来再看前一部电影的上半段，接下去把下一部电影看完。一对男女进入了一种无可名状的关系，什么都可以干就是别面对面掏心窝子。

“你这样待我，我知足了。”我对佳士瓦说。

“哪里的话。”他为我的真诚吃惊。

“你没义务维持我们的关系，就算发生过那样的事，你也用不着逼自己。”我止不住了，电影里的生死爱憎都挡不住我掏心窝子。

佳士瓦紧紧握住我的手，还好，是左手。

“现在你可以从我旁边站起来，走出去。反正我们先看了电影的结局。”我说。

佳士瓦说：“可我没碰上过比你好的女人。”

我也吃惊不小，看来借助干别的事来掏心窝子是办得到的。“你可以接着碰。”我说。

他听出了我在黑暗里微笑。

“我三十六岁了，”他说，“这些天我是很矛盾。我想可能有比你好的，但我不会碰上了。”

他的真诚残酷起来，想说明什么呢？他在骑着驴找马？这些天我做了他的驴。

“那我走开你会难过吧？”我问。

他想了半天，说可能会有一点点不舍。

我想，很好，我们至少不稀里糊涂把对方变成驴。

回到家已经十二点。留言机上灯闪烁着，四个人和我错过了对话的机会。三个留言是律师的，他的逼债电话口气温柔，像爸哄我吃中药。最后一个电话是茹比的，她说想看望我，没别的，我是个不让人省心的人。我想再听一遍茹比的留言，但按错了键钮，把整盘磁带都洗掉了。磁带到了某一段，居然残留了吴川几个月前的留言，为了小纳粹和她反目成仇的那一回，我听到了上回有意漏听的几句，她说我别想拆开她和璜了，因为她也染上了他的疱疹。我的头“嗡”了一声。她什么也不怕，为了那个混账的疱疹患者，她宁愿做如此的牺牲，二十一岁的女孩对自己的一大把生命青春慷慨着呢。她认为她爱上的是个伟人，因为璜告诉她一毕业他就去伊拉克前线。这世上总算有人还没活明白，这种傻事还有人在干。干得起傻事的年龄。

我昏沉沉地坐了一会儿，抓起电话。给谁打？这样迟的一个电话谁欢迎？我可以和茹比任性，让她听听我种种的失败吧。她说她一直在等我回电，一个人千万别在晚上给心爱的人打电话，因为这样你就惨了，期待回电非常之苦，自信受损，自尊心被刺痛，还伴随着澎湃的荷尔蒙。像茹比这样对感情不存幻想的人才敢如此说自己，这是她的惯用手段：似乎在打趣自己，实际上减轻了她内心的张力。

我叫她闭嘴，然后把吴川染病的事告诉了她。她说我听上去是吓蒙了。我说不是听上去，是真蒙了。她说：“是呀，她是个不错的女孩。”她告诉我，我被打伤那天，她赶到急诊室，见吴川守在我身边。护士长掀开被单时，我胸脯上的伤疤让女孩“哇”的一声哭起来。

那是个什么画面？二十一岁的女孩让我吓哭了。我和茹比道了晚安后，拿着静默的电话机，心里对商场的女安全员和女经理充满仇恨。

不是恨她们打伤我，而是恨她们打电话喊来了吴川。那是一幅什么样的画面？吴川站在披头散发、满脸是血、胸脯布满伤疤的女人旁边哇哇大哭。

我的汗冒出来了，我为那幅画面臊得无地自容。

我可以在任何人面前溃败，就是别在吴川面前。

一连多日找不到吴川，她让什么给忙得在芝加哥失了踪。一天我无意中翻报纸，读到一则新闻。在我被打伤的那个购物中心的停车场，一位女职员晚上下班时发现自己的车被砸坏，四个轮胎全部被划烂，车的帆布敞篷也被划成条条缕缕。女职员在查看车况时被潜伏者从背后袭击，她是被看车场的人发现而送进医院的。经医院诊断，她的后颅骨被击裂。受害者目前已脱离了危险，但仍在特别护理病房。警方判断这起案件和抢劫、凶杀无关，因为受害者的首饰、名牌服装和钱包都不曾被动过。唯一线索是划汽车的刀，是把名牌厨刀，并且崭新。

受害者是商场女服装部经理，现年四十五岁，据她周围的人说，她为人正直、公道，性情随和，家庭和睦，不曾和任何人发生过不可调解的过节。警方仍在对案子进行深入调查。

我放下报纸，站起身，倒了满满一杯白葡萄酒。饮尽两杯酒之后，画面连贯了。二十一岁的偷袭者从急诊病房离开后，就静静地酝酿一个阴谋。决定着手实施她的谋划是律师失败之后，芝加哥导报拒绝伸张正义，让她觉得再也不能等了。多日跟踪使她得到了女经理的行动规律，发现她总是最后一个下班，来到停车场时，无人看守的巨大停车场已荒凉如无人区。只要出手收手神速，偷袭是有把握成功的。偷袭者飘逸地出现在那个白人们引为自豪的住宅区，等待商场打烊。接近打烊时间了，女孩怕自己到时万一心不够毒手不够狠而饶过女经理。因此她跑进一家连锁超市，买了一把德国厨刀，一百七十元一把，对她来说是小意思。超市没什么顾客了，收银员疑惑地看她一眼。她拿起尚未装进塑料购物袋的刀就跑，火红的发梢飞扬，如同红色的蛇芯子。这正是购物中心打烊的时间。再过一刻钟，女经理就会出现在空旷的停车场上。女孩已跨出了超市的自动玻璃门，身后传来一声吼叫："等一下！"女孩回头，见那个肥胖的收银员在收银箱里挖着什么，一边说："还没找你钱呐！"女孩红发一甩，大小姐派头好极了，说："不要了！"她人已经在十几米以外。

女孩买的这把德国厨刀让她行动起来很迅捷。几分钟后，她喘着粗气退进灌木丛，看着皮开肉绽的八成新福特车，她原来担心自己会害怕，现在发现是过虑了。她从巨大的书包里抽出那根早已准备好的木棒。从小就打网球、骑马的贵族女郎身手如同年轻的雌豹，步伐毫无声息。那木棍打在女经理后脑勺上，一种女孩从来没有经历过的后坐力导入她的全身，世上不会有比这后坐力更刺激的事了。她看着向前趴去的四十五岁女人，幻想她不纯的白种血液流了一车。不纯的白种血统对纯粹白种血统的醉心是女孩极熟悉的，她从小生长的地方，黄孩子们聚在白孩子学校围墙的外面，墙内最琐碎无聊的事，也被他们想得神奇。年轻的凶手迅速离开了她的猎物，一面把凶器放回大背囊里。她所有的名牌都比白孩子们高档，而她知道她永远是个黄孩子。

我在网上查到一所私立高中，那里急需教现代舞的教员。一个小市镇，在南加州，据说他们的生源大部分是亚洲的贵族子弟。成百上千的吴川，被关在古城堡似的校园里，成为白孩子们想象的神奇世界。我依恋芝加哥，可是难道我在十多年前不依恋祖国故乡吗？我总是选择远行，或说远行总是选择我。

去面谈之前，我把我可能的远行计划告诉了吴川。她说那种学校糟透了，大鱼吃小鱼，没得吃就吃老师。她还说无论谁在那种学校都会在情感上窒息，最后情商降到零。总之她说了那学校一大堆坏话，希望我重新考虑。

我在她公寓的门口突然说：“对不起，做你姐姐我的情商也等于零。”

她没有答话。

我总是在她的淡然面前着慌而把话说过头。我说：“你和我一块去西部，在那里找个学校，不好吗？”

她问：“为什么？”

我死咬住那句“我舍不下你”，羞臊地把脸避开。忽然间，我找到个所以然来：“你在这儿不安全。说不定会侦察到你的。”

她知道我指什么了，但表面是一如往常的淡泊。

面谈成功后，我马上把消息告诉了她。她在手机里慵懒地说：“祝贺你呀。”回芝加哥的飞机上，我的邻座是个读《中国旅游》杂志的男人。起飞不久，他问我云南的石林是不是有画片上这样壮观，我说比画片上壮观多了，他看我一眼。一个拉丁后裔，纤巧的骨骼，一双巨大的黑眼睛充满不快乐。他问我是否是和我男朋友去的，他们再不快乐也要调侃。我说我根本没去过，但我知道中国的任何一处风景都是实地胜于画片。我见他入神地看着我，我加上一句：“你不会失望的。”他说他是个幼稚的中年人，对什么都存有梦想，他女儿十四岁时就说他没希望成熟了。我说他女儿到了二十岁就不会这样认为了，因为她将成熟一大截子。他说女儿昨天二十岁了，可还是这样说他。他刚刚应邀参加女儿的生日晚会，他的前妻因为他的幼稚而受不了他。我问他幼稚的具体表现是什么，他说盼望古典爱情，盼望去非洲丛林学鼓和舞蹈，等等。他是个药物学家，不务正业，上班为了混到退休，好去实现他的幼稚计划。

居然有这么一个傻子，几十分钟之内就和人掏心窝子。

飞机降落芝加哥之前，遇到了大风，气流狂乱。他问我在不在意让他拉着手，因为他不仅幼稚还是个胆小鬼，最怕乘飞机，假如这是他最后一次乘飞机，他将永远记着给他壮胆的人。在我们拉着手听天由命的半小时里，我也把我的故事讲给了他。从吴川讲到黎若纳，再讲到我胸前的疤痕，以及它几个月前被不寻常地暴露。他问我是不是为此而离开芝加哥。我说远行是我一贯的作风。

飞机安全降落了，他还拉着我的手。他翻到石林那张画面，说：“我想远行到这里，你一起来吧。”

在机场，我们一块吃了晚餐。他说：“如果你愿意，我可以买两张机票，我们再原路飞回去。”

我问：“为什么？”

他说：“因为来的一路话没说完。”

我们分手时他叫我等他电话。第二天我一天都心惊肉跳，茹比、吴川、佳士瓦都给我来了电话，却没有那位《中国旅游》杂志读者的。

我设想他在实验室穿着白色制服的模样，那双巨大的黑眼睛快活极了。我憎恨自己，何苦又陷入等待？黎若纳等待吴岱从香港一次次回来，打着为吴老太爷寻找投资机会的幌子来到那座侉与蛮之间的省城，和她偷欢几天。等待让她像我此刻这样烦躁，把一锅沸腾的骨头汤从炉子上端下，耳朵还在听着传呼电话叫人的声音。这时听见叫的是她的名字，她把锅子随手往我的小柜一放，就跑下楼去。那汤面上浮着比汤更烫的一层油。

第三天早晨，我收到的电话是通知我报到的，学校为我买公务舱机票。我鬼使神差地说："不了，谢谢，我在芝加哥已找到了合适的位置。"我马上打电话告诉吴川和茹比。吴川"欧"地吼叫一声，就沉默了。我问她几次"怎么了"，她说她得深呼吸一下，高兴得呛住了。我走出门，在灰暗的芝加哥傍晚漫步。黎若纳在我的伤基本愈合之后要和吴岱去香港了。爸把七岁半的我从外婆家偷出来，交给了她。她带我去那家蛋糕店，告诉我最美味的蛋糕并不花哨，是那种看去古板的牛油清蛋糕，但我坚持点了带大堆奶油玫瑰的蛋糕。吃蛋糕时黎若纳说她自己是个坏母亲，假如我不原谅她，她完全是罪有应得。我似懂非懂，嘴里的奶油变得很腻味。

我回到公寓时，看门老头说有个先生来过。他形容的模样我一听就知道是谁。《中国旅游》杂志的读者把我的电话号码弄丢了，但他模糊记着我说的住址。看门老头说他一会儿还可能再来，叫我千万别离开。我在门厅里坐下来，读着律师的催债信。

那时我七岁半，跟黎若纳去了火车站对面的一个公园。她叫我坐在草地上。她说：“来，妈妈给你梳梳头。”她拆开我的长头发，用梳子细细地梳，编成很紧很密的“麦穗花”，这种辫子能维持很长时间，她想这样一来我半生都可以省去梳头了。她一边编着我的头发一边哭，后来她告诉我，那时她已经不想走了。只要我说一句不舍的话或原谅的话，她就会把火车票退了，和我一块回家。可我一声不吭，所以她不可挽回地给我编了一根永久性的辫子。

假如我当时不那么倔，不把眼泪忍住，说出我的依恋，也许我告诉《中国旅行》杂志读者的有关我的故事会完全不一样。我眼睛朝掌灯的大街上看，黎若纳的血流在我体内，让我管束不了自己，创伤累累，爬起来还要找个人来爱，终于找着一个比我还不顾死活要投入古典爱情的。我难道比那个干傻事的吴川好？黎若纳在二十多年前为她女儿梳辫子时险些辜负吴老少爷。这时我希望黎若纳还是抛弃我、爸、外婆，不然就没了这个和我争吵、惹我担心、不断干傻事的吴川了。

阿 曼 达

╱

杨志斌感到妻子以及同类过的是专业生活，而自己却过着业余生活。

（Ⅰ）

韩淼面孔上一共有三种气色，灰、白、淡青，于是也就有了三个相衬的表情：不动容的五官平铺在那儿，眼皮松弛到极限，目光有点瘫痪。这个表情在她二十四岁时被他看成稀有的宁静（我知道他想用的形容是“圣母式的”）。这时她四十二岁，佩戴这表情和灰灰的清晨脸色，是令他敬畏的。韩淼上班前的脸色转亮，他知道那是她涂了粉底，这样就开始了她很正式的法律公司职员的一天：眼睛、眉毛、嘴角，都用着一股力，微笑也带着一股力。他到她的公司办公室去过一回，见她清亮的白脸蛋儿上肌肉饱胀着，语言、笑容，与同事的一两句调侃，都在她白色光润的皮肤下被那股力很好地把握住。她倒一点不冷落他，忙进忙出不时总会给他偷情似的一笑。只是眼珠子的笑，很偶然地，一个妩媚划过去（只有一次，我在一个派对上，看见韩淼对老杨这样迅捷地妩媚过）。但他在她办公室就只敢坐在指给他的那张椅子上，坐得四方八正，心里并不为有这样练达、强干的妻子得意。以后他怎么也不再去她的公司了。尽管韩淼那次回来带种怂恿的意思告诉他，公司里两个女实习生说他“可爱”。她是故作怂恿的，知道也不会把他怂恿得怎样，乐得大方一回。他在半夜十二点半下班回到家时，看到韩淼洗得过分干净而有种微微发青的肤色。她总是靠在床头看书，发青的脸上，所有对他的不满、怜悯、嫌弃、疼爱都泛上来。她的面孔这时真不好看，所有的好看都失了踪。他一般到卧室点个卯就去厕所，小便、刷牙、洗澡，看看韩淼看剩的报。她一般在他进卧室报到时就身子往下一沉，沉进被子里，同时一手熄床头灯，表示她等待他，为他熬夜，情分尽到了。有时她会在被子里对着厕所说："杨志斌，给你留了饭在冰箱里。"

他们一直跟大学里那样连名带姓地称呼对方，有时他想，到老了他俩还会跟大学同学似的。这样反而浪漫，一生一世地做同学。

"杨志斌，这么晚了，烟就不要抽了嘛！"韩淼在床上叫，声音跟办公室里很不同，既无助又权威。对抽烟的恶感，是韩淼和美国女人学来的文明。

他赔理地说："就抽一根！上班六个钟头不能抽……"

他在一个办公大楼上班，穿件紫红制服，手里拿个报话器。旋转玻璃门边置张桌子，下班时间过后，进楼的人必须在桌上摊着的簿子上签名和记下进出的时间。有什么事报话器是通警察的。上班快一年了，杨志斌不知"有什么事"会是什么事。进楼的人像看不见他一样直接到簿子前签名。有不知规矩的，他只须小叫一声："抱歉……"那人便拐回来，还是跟没他这个人似的，直冲那桌子和簿子去，唰唰签上名字。即使他谦卑的手指点出他签错的位置，还是不能使他的存在获得承认。那人抱歉地笑笑，纠正自己，嘴里客套两句。抱歉和客套也不是具体的，有针对的，总之他是在人们大而无当的无知觉里尽职。

韩淼又叫两声"杨志斌"，他有了一点讨厌的心情，却不完全是讨厌妻子。他走到阳台上，阳台很小，像国内所有人家一样，这阳台是狭小空间的一个挣扎。在美国，他们的居所没那么挣扎的，不过是舍不得阳台冤枉地空在那儿，这里的中国人家都不习惯在空间运用上太挥霍，有车库的人家车库常是盛剩余物资的，车却泊在公用地盘上。实在盛不下，就举办个“车房拍卖”或是“庭院拍卖”。一间车库的东西全倾倒出来，开肠破肚般的，花花绿绿的杂碎铺出偌大一摊：改朝换代的家具、衣服、成年的孩子们曾经的玩具、骑过的自行车、主妇们图便宜买回却不想活受罪去穿的各色高跟鞋。杨志斌逛这类旧物摊子是享受的，他有次买回四张塑料餐椅，椅子腿一条不残，一共才花了四块钱。韩淼听了价钱，快乐得人都轻盈了，利落地把它们擦洗一新。现在这些椅子一只摞一只，摆在阳台角落，上面还放一个装满旧书的纸箱。紧挨那一对仿青铜的天使，也是从某家的“车房拍卖”买的。其余是一些旧厨具、餐具和两个台灯、一对蜡盏，还有一幅镶在镜框里的佛像浮雕。零零碎碎的是些瓷花瓶、水晶摆设、几打音乐磁带和两把吉他。一个没有梳妆台的梳妆凳，粉红夹银花纹的缎面，温柔得不够正派。大部分东西是直接从别家车库搬进这阳台的，没多少花费就把阳台堆个半满，韩淼和杨志斌对这点很知足。至于每添件东西就多一层尘垢的积攒，就少了几度活动半径，他们不以为然。他们还尚待发现最时髦的富有是空空荡荡，就像那次在迪妮斯家看到的那气魄很大的空荡，四千尺的屋几乎什么也没有，墙都空出来挂画，地板冷傲闪光，托着无比精细的一块绿地毯，很遥远地，摆了些沙发、椅子。一行楼梯旋上去，旋入一个炮台似的小格局（我听迪妮斯说，人睡在那上面）。韩淼和杨志斌为如此荒诞的空间运用几番交流眼色。从迪妮斯的派对回来，韩淼对杨志斌说：“摆两个篮球架，迪妮斯家可以赛球。”杨志斌直是感叹地摇头，不屑评说地苦笑。他们去过现代美术馆，几幅画是大大小小几张帆布，上面涂了白颜料，画框却是煞有介事，一点不偷工减料。那时杨志斌刚进入“伴读”角色，到美国不满一礼拜，韩淼告诉他，画这些空白的艺术家很有名，这个画派也有说法，叫“极简主义”，就是表达的无限缩减，简化成零，相反零又是无限的表达。韩淼在跟他讲解时，她自己也是没半点心服的。她和他的认识最后统一了，认为那类画家在拿全人类开玩笑。（韩淼告诉我，迪妮斯的房就让他们想起那派被称为“画”的空白来。）

烟抽到一半，杨志斌想起阳台也不是抽烟的地方。楼上一家人打过两次电话来，请他不要在阳台上吸烟。烟冒到上面去，把三个孩子两个大人给祸害了。电话是和气的，第二次比第一次还和气。女主人他是见过的，见了便笑，牙齿全笑在脸外面。三十八九岁，牙上还箍着金属矫正器。跟她女儿一样，未来会有个矫正过的标准笑容。

杨志斌掐掉烟，很不舍得外面凉而辣的空气，慢吞吞拉开门。忽听见楼上也在开门、关门，楼上人家不知谁又给他无辜地祸害了一次，说不定女主人专到阳台上等着捉拿他这股烟味的。脚步在他头顶吱吱地走走停停，听也听得出，那是拥挤热闹的一个家庭，也是不荒废任何一寸领土而放满新旧家具和摆设。也跟他两口子一样，在憋足劲存钱，存够了去买个带车库带小院的宅子来，好有更大空间去填塞（迪妮斯那样阔绰的空间的确有些不成话，我们中国人觉得住在塞满家什的地方比较安全）。

（Ⅱ）

每天早上，杨志斌在韩淼忙乱梳洗时一动不动地醒着。她总是免不了搞出颇大响动：冰箱门是甩上的，杯子底也必得砸一下桌面，所有化妆品被拿起被搁下也是非得在假大理石的盥洗台上磕出声响。每一样响动都让他躺得更静止，呼吸也夹紧。韩淼吃完早餐进卧室来换衣服，动作也是响的。卧室里淤积了一夜他俩的气味，此时已成厚厚沉淀，被她的动作搅起一股股风。不仅仅是妻子一个人在响，她只是整个主流社会响动的一个细节。主流社会的每一分子都在同时间，不同空间做着完全统一的一套集体动作。这套动作是程序化的、机械的，因而是极为靠得住的。主流社会成员们在各自的小格局里弄出响动其实是遥相呼应的，是被一根无形指挥棒指挥着。因此韩淼响动得理直气壮，她拉抽水马桶的那种果断，带点发泄意味，其实是巨大集体音响的一个细小和声。她是有道理发作的；一个家庭的经济主力完全有道理“唰啦”一下，一拳捅进外套的袖管，将两腿踹进裤腿，两脚蹬入皮鞋，弄出皮肉与其他无机物的摩擦、碰击之声，都是有道理的。尽管她主观上一点没有发作的意思。韩淼最后看一眼床上的丈夫，目光温存，躺得再死他都觉得出它的软和、温存，如同母兽出猎前对犊子的一个温情回眸。之所以有如此目光，也在于韩淼对自己不幸有如此的动物母性而无奈。因而她一早上的摔摔打打，那与庞大社会主流里应外合的种种响动，以这一温存回顾而收了场。她心疼他：他一表人才，正当年盛，曾在社会中在事业中在女人中处处找得到位置，此刻却在这个社会声势浩大地进入趋动程序的早晨，蜷睡在局外。他浓黑油腻的头发之下，那曾经标致的脸容，过多睡眠形成的永久性睡眠不足，是韩淼看不得的，多看她心里会生出一种莫名的愤怒。不光是对杨志斌愤怒，好像有一大堆东西，比如时运、环境、宿命的暗中摆布，包括韩淼她自己，都要对眼下这个令人既嫌恶又怜惜的杨志斌负责，这个胆怯得连在人前说英语的胆量都没有的杨志斌。韩淼在他绝望地支吾英语时，偶尔心里会有另一个杨志斌：弹吉他、唱歌，歌是英语或西班牙语，他并不懂词儿，却给他唱得很漂亮。杨志斌学过六个半月西班牙语，就够他拿来玩了。在他那儿什么都是好玩的，弹几下钢琴、吉他，写两首没韵亦没标点的诗，球无论是踢的是打的，他都在行。所有的东西他一玩就会，会了就成功。杨志斌和韩淼在大学认识的时候，他身边一圈女同学，他的容貌和才能是其次，首先令她们倾倒的是他的好玩。

妻子高跟鞋叩击地板的声音沉杳之后，杨志斌会好好睡一觉。妻子化了严峻的妆，穿着带垫肩的衣服坐在读华尔街日报股票文章的人群里。地铁载了满满一车皮如韩淼这样的律师助手，公司大大小小的经理、秘书，推销部门具有进攻性、征服性的男男女女，银行老老少少的出纳。杨志斌感到妻子以及同类过的是专业生活，而自己却过着业余生活。他什么专业也没有，在专业人员过专业生活时给余了下来，睡觉。他不知该和谁归为一类，大概是十点以后把孩子们推到马路上的女人们。对于她们，他都只能旁观。一天他看见一个女人从马路对面的旧货店出来，推的婴儿车里装满旧衣旧鞋，婴儿被这堆旧物挤到车子最前面，两个腿挂在外面。他想这女人一定是个佣人。他马上为自己犀利的洞察得意，紧接着他为自己有了如此的窥视癖好而恐惧。

杨志斌趿拉着鞋，走到厨房，想收拾老婆早餐后留下的一个盘子和一个杯子，还有桌面上一层烤面包屑。还是算了，这时忙给谁看。家务常是积存起来，在韩淼眼皮下做，这样不显得他那么游手好闲。转而又想，一个大男人要把家务做给老婆看，以证明自己并非无用，他心里出现个要哭出来的笑容，他拧开煤气灶点了根烟。这时楼上那家的女人正从窗下走过，忽然斜扬起眼睛对他笑笑，说了声“嗨”，紧跟着出来了她的女儿。小姑娘有些肥胖，有着婴儿般无意识嘟起的多肉嘴唇，眼神也未跟上她的成长，与她早熟的身体差距很大，因此她看上去是个误制成妇人的巨大娃娃。母亲和女儿穿得一样没老没少，都是短裙子、短线衫，不当心都会露出肚脐眼。（我见到这对母女是出事之后，母亲因痛哭无度而鼻青脸肿，女儿正在粉刺的恶性感染阶段，并且两人脸上的妆都给涕泪弄得泥泞了，我无法识辨她们美或丑的程度。）

杨志斌上午十一点钟的这顿饭是早午饭，就着电视节目吃的。他是有什么看什么，有什么吃什么。正吃，听人叩门，再听听，是叩他的门。门开了，楼上那三十八九岁的母亲站在那儿，问他肯不肯帮忙把一个床垫抬上来。她的微笑由于牙齿上的金属矫正器而闪烁不定，身体拧向楼梯，只把面孔正正地朝他。她的姿态是半个撤离，半个期待。他没多想就跟她去了。他和女人搬床垫时，女儿不声响地跟在后面。近了，杨志斌发现，小姑娘是混血，那父亲的一半，显然是弱势。母亲说自己叫波拉，女儿叫阿曼达。他顶着几乎全部倾到他这端的分量，说他姓杨。女人倒退的步子踏空一个台阶，借题就笑起来，牙齿的金属矫正器不给那笑任何束缚。他视野边缘的阿曼达很看透她妈那样盯了波拉一眼。波拉笑到尾声时说：“这种活儿我都是自己干，今天是第一次找到帮手。”这个来自东南亚的形状不错的矮胖女子在他眼里渐渐变得美丽，这使他非常意外。

杨志斌对女人表示，床垫由他一人搬会省事，两人配合不好反而拉扯得很累，他左手越过头顶去抓床垫的边沿，右手向下尽量拉长，钩住另一个边沿，如柱子撑起半爿倾斜的屋顶。他的高大与矫健突然就出来了。女人过火地表示惊叹，表示折服。她火一团地不离他前后左右，一会一个“当心”，一会一个“留神脚下”。

到了她家门口，女人却不让他卸，让他接着往高处走。他并不反对将这顶天立地的造型再持续一阵，便向四楼攀去，骡子似的不打听意图。他来美国做妻子的伴读快两年，从未在人眼中如此有用过。女人驱着他一层又一层地登高，阿曼达仍哑着半启的嘴唇相跟，一直到了楼顶平台。平台上有个小储藏室，对于他又是个意外。女人说房东只给她一个人用这储藏室。她说话时眼珠润滑，要让他明白，给她恩惠的可不止他一人。她顾不上自己前后的话已出了矛盾，几分钟前她还表示她是怎样哀婉无助的一个女子。

（Ⅲ）

储藏室和他家的阳台一样，塞的都是从车库拍卖来的用物和摆设，别人生活的残渣。杨志斌明白这张床垫不会超过十元钱，也可能是夜里从某家门口白拾的。女人问是否耽误了他的要紧事，他说他白天不大有什么事的，除了一周三个下午去移民学校补习英文。她没听懂，请他“宽恕”，再说一遍。他那点英文语法马上瓦解，支吾得更可怕，讲到一半就放弃了。杨志斌回回遇到这情形就这样求饶地笑笑，随后便灰心得很，一句话也不想说。几次参加韩淼的派对都这样，三五句说下来，他感到别人必须屈就地伺候着他讲英语，他要让谁听懂就得累死谁。于是他连忙投降，挫伤的灰溜溜的感觉马上飞涨上去。

当天傍晚杨志斌逆着下班的主流社会去上班，太阳正和他的视线平齐。无缘无故地，他感到有件好事情发生在这个白天里，但并不对自己坦白究竟什么改善了这个寻常的一天。绝不止楼上女人给他的那些笑。对波拉那些笑他是能识破的，女人最便当的能源利用。韩淼生来没这类能源，因此她得吃许多苦头去读书，一分艰辛都节约不下。他坐在办公楼大厅里，一直在试图弄懂自己在为什么秘密而快乐。

九点钟所有办公室空了，就连男女间本分之外的交往也结束了，或公开或避讳地成双或成单地向他有口无心地道“拜拜”，目中无他，仅是手朝他的方向招几招。然后收垃圾的老头推一辆卡车拖斗般的垃圾车进来，两脚涉水般深深浅浅地踏过平滑的大理石地面。他们极少交谈，却有种极好的相处。老头有八十岁了（我见过这个叫阿里的老清洁工，基本是一部淫秽粗鄙词汇的活字典）。三十年前他在垃圾里发现一包现款，有两千，老头当下就把钱交还了。以后的三十年里，这幢十二层高的办公楼的世世代代都拿老头作圣贤人物。他再老再贪杯，做事说话再邋遢，也不炒他鱿鱼。老头的酒气够一个大厅盛的，有人说老头的拾金不昧是醉酒所致。

杨志斌总是替老头打开侧门。老头酒意正发作到好时候，满心都是音乐，口哨吹得如同短笛，吹的是一支东欧波尔卡。老头打听过杨志斌流落美国的缘由。杨志斌告诉老头自己是博士妻子的伴读，有个没得挑的知识分子妻子。可老头对他的来历和他成就辉煌的妻子忘得很干净，隔一阵再问：“你见鬼地跑到这个操蛋国家来干什么？”老头从来没懂过一个女博士生的陪读是个什么性质的角色。

杨志斌偶尔想到“伴读”二字的意思，觉得有趣。伴随或陪衬。一个女人要做状元，她的男人做书童，搭个伴，或者也有壮胆、解闷、哄慰等功用。有他，人们便觉得韩淼是个完整的女人而不是那类女光棍。总之伴读有它次要却不可缺的职责。伴读的本职之外，他顺便挣一份菲薄薪水。韩淼有次看见了他薪水支票上的数目，吃一惊地问：“这就是你一个月挣的？！”听去似乎在控诉这社会对他的糟践，亦似乎对他的低能恍然大悟。大学时代，他是中文系的主角，她是外文系的龙套，韩淼占足上风却还拿出“鸡不和狗斗”的风度，他反而心爱她的弱小，渴望她的傍依。从韩淼对他薪水支票上那三位数痛心疾首，他之后便不把薪水支票带回家，直接把它送进银行，尽量无痕迹地让它混入两口之家的公共收支。（有次我和韩淼及其他几个女友逛商店，扯起各自男人的优劣。女人跟女人常是把男人的自尊一撕到底的。谁说韩淼福气，老杨人多好啊，又帅！这句“又帅”惹得韩淼脸一长，眼皮耷拉下来。眼下生活，男人的好看似乎从他的价值中减掉了几分实惠。）

十一点五十分，杨志斌熄了大厅的灯，赶紧到马路上点上根香烟。

一种很内向的快乐来了，它比先前更内向也更快乐。一下子，他想到那桩发生在白天的、无法命名的好事情究竟是什么。阿曼达。阿曼达在霉气烘烘的楼顶储藏室里看他一眼，正在她母亲喳喳喳地跟他讲左邻右舍谁谁投机现货，谁谁的姘头开奔驰车，谁谁家煮猪肚子煮得一个楼污糟气，又说整个楼二十四家房客她就只看得上杨志斌两口子，最是体面、文明。就在这个时候，阿曼达抬起她肉嘟嘟的脸蛋，两只茸毛环绕的混血鬼眼睛直往他眼睛里找。他想不起是否见过比那更真诚简单的眼睛，但也不无见解——对她母亲坦荡荡的庸俗，她到杨志斌眼里来找同感、同情。十四岁的肥胖小姑娘的目光是那样绝对的黑白，超过给她一身生命的母亲，同杨志斌的目光邂逅并马上达成协议：对这样一个自以为十八妙龄的三十八岁女子，就只好忍受她。怎么办呢？只能忍受。

他觉得一天的最后几分钟里吸的这几口烟异常美味。回家路上，他步子迈得不如平素那么快。韩淼倚在床头忠实的、礼节性的等待不再那么紧要。夜晚空气清冽，烟丝的苦辣进入他的口腔，在他体内水墨般晕开。那么单纯无辜的眼睛莫测至极，他带着近乎罪过的感觉回味它。这小姑娘是早熟还是晚智，他对此完全无经验。

韩淼这天晚上回来得也很晚。杨志斌到家时她正在卸妆，脂粉溶解使她五官也随之溶解，一切他所熟识的都变得隐约。她去赴约会，现在已不再事先通知他。韩淼模糊着一张面孔在前领路，领他到客厅去让他“惊喜”。沙发背上搭着两条一模一样的领带，美国国旗的三种颜色。韩淼说：“……还有赠品！我拿了两条领带！本来是赠给女宾香水的，John 要香水给他女朋友，我跟他对换了！”她从透明包装袋里抽出领带，在杨志斌下巴颏下比画。这样他一生一世都可以省下领带的开销了，领带在旧货店也往往是最不旧的东西。

这夜是杨志斌先滑进被子，韩淼跟了来，凉手摸摸他的脸。凉脚指头圆如冷水珠，触在他也很凉的脚上。韩淼觉得两个人在这个钟点凑齐不容易，她轻声说：“杨志斌？”他觉得这样的凑齐的确不容易，他把一条膀子抄到她肩膀下面，把她和他兑上缝，等着火候。常常是火候老不到。不过韩淼体谅得很，学到博士的女人都没太多生物性的。不行，她也不施施技巧，帮帮他。她这样的女人越来越想表现自己作为女性的兴趣、价值都不在这方面，她已远远超过女性与生俱来的功用。他无望地感到自己越来越不行，而她也明白他不行不是他一个人的事。他俩就把两具身子合得很好，谁都没有下一步想法。曾经杨志斌和韩淼都把它当作玩，那是很早的曾经了。

星期六上午，杨志斌去楼下捡免费报纸，在楼梯上遇见了波拉。波拉说：“你唱得那么好呐？还弹吉他呢？我有个朋友开夜总会，唱卡拉 OK 十八块一个人，其他地方二十呢。”杨志斌搭讪地说：“真的？”她又说：“你唱得这样一流，大概他肯给你白唱的，也说不定给你钱赚的。”他想说夜总会这种地方和他无缘，夜晚是他上班时间。何况妻子认为出入夜总会的人都是人品或趣味上有疑点的。但杨志斌知道自己讲不清楚，即使讲清了，话也可能是没轻没重的，会伤了波拉的好意奉承。她还在赞美他的西班牙发音，舌头打滚打得多么好。他面孔一烫，笑容似乎被另一些肌肉驱动，有些不适。他想他和妻子的时间老凑不到一块，倒是和波拉凑得很准。

当夜杨志斌和韩淼被惊醒。楼上什么东西摔碎了，女人的哭号飞溅起来。杨志斌噌地坐起，韩淼大睁眼睛，看着微微打颤的天花板说："人还是牲口？打出这么大的动静？"她一把抓起床头的电话，杨志斌问她打给谁，韩淼说："警察呀——叫他们等天亮再闹……"她见杨志斌穿着睡衣趿拉着鞋出了卧室，便扔下电话喊："你干什么去？！"他不答，拉开门往外冲。韩淼也是睡衣拖鞋，却已追不上他。杨志斌一步三级登上楼梯，韩淼忘了他原是有两条勇猛矫健的长腿。韩淼在他身后压着嗓门喊："少管人家闲事！"她感到楼上那屠宰般的惨号宽宽裕裕盖没了自己的声音，便只得跟到楼梯拐弯处，看丈夫用发音很次却声气威严的英语请里面的人立刻把门打开。

（Ⅳ）

里面静了一瞬，又翻天覆地起来。伴随肉体撞击之声的是波拉的哭叫："……你个狗娘养的！再碰她一下我杀了你！"然后是一声"扑通"，听去像很重却很软的东西被抛起又坠地。坠地的显然是波拉，她接着便敞开嘹亮的嗓音喊："救命！"

杨志斌更重地叩门，喊已变成了吼："请立刻把门打开！"他来不及分析里面的冲突是什么性质，但他预感到它乌七八糟的复杂，并且它必定和阿曼达有关。整个楼都被惊动了，二十四户人家都半开了门，一些脑袋和面孔出出没没。这事本来并不十分麻烦他们：除了杨志斌和韩淼，这楼上各家不时有内乱出来，也总是关门治理。而由于杨志斌的出面干涉，把这场家庭危机变成全楼公众的事。并且杨志斌讨伐的不是这家人对公有宁静的破坏，而是此门内有一份公道等着他去主持。他第三次叩门时，里面其实已鸦雀无声。

韩淼距他三个台阶之遥，打着又轻又狠的手势命令他撤退。他却感到这戛然而止的寂杳更加不妙，更加需要他揭示出一个究竟。穿着睡衣睡袍的人们在他身后，似乎已通过了无声的选举，正等待他杨志斌的率领，去为这道门内的弱者做主。

杨志斌感到自己代表着本楼的当局，他又一次果断地敲门，喊话：“请立刻开门！”

静杳里，一个男人在门内问：“谁？有什么事吗？”

韩淼很快看了一眼杨志斌：竟像什么也没发生，竟是我们生出事来打扰他们的太平了！她真的怀疑刚才的惨烈呼救是二十四家人同时发生的幻听。

杨志斌被男人冷静正常的诘问也弄得怔了，但波拉刚才的叫喊使他感到一定存在着什么危险，危及胖姑娘阿曼达。那天在楼顶储藏室里，十四岁的女孩绝不会平白无故地那样看他一眼，很长很深的一眼。他再次举起拳头，敲出警长的不容分说来：“开开门！”

门竟平静地打开了。一个小个子男人在走廊的灯光里，全楼居民大部分知道他的身份：波拉一家的供养者。男人虽瘦小却匀称，将波拉这样的女人拎起来再甩出去是不在话下的。他的英文不比杨志斌好，但不妨碍他拿这语言来自如地推销二手车、调情、多礼或无礼。这一口坏语言使他有种别样的生动，他流利地解释了阿曼达如何作恶多端，如何撒谎成性。

波拉此时不知从哪里冒出一句："你这个凶手！你这个屠夫！"

小个子男人就像没听见，对杨志斌所代表的全楼公众道了句"晚安"就要关门。杨志斌自己也没意识到他会在整个事件趋于收场时来了这一下：突然挤开小个子男人，进入了这个五口之家的内部。和他自己家一样，门厅左边，即是浴室；右边，厨房。小个子男人在反应当中，杨志斌已看见一个几乎裸露的女性身体佝偻在洗脸池边上，冲洗涂了一脸的血，他认出那是阿曼达。背心式睡裙只剩一根布筋挂在肩上，小姑娘左手拉扯着半片前襟，右手捧了水往脸上浇洒。阿曼达听见响动回头，杨志斌一辈子都不会忘记那双眼睛，那纯粹孩子式的受羞辱的眼睛。

小个子男人用他流利无比的坏英语告诫他，私闯民宅他可以请警察的。

杨志斌竟听不懂他呱呱呱地在叫什么，满心都是阿曼达那束目光给他的酸楚。他突然感到阿曼达和他一样，都是自身存在环境之外的人。这样一个单纯无比的阿曼达，怎么会属于这永远弥漫着椰油、薄荷、茴香等热带食品烹饪气味的居处呢？阿曼达被动地被加入这个五口之家，正像自己被动地被安置在一个丈夫、一个夜晚守门人的职位上。他这时看见了波拉，她在听见杨志斌进门的当口蹿回卧室梳了两下头，换了件桃红睡衣，抹了一抹口红。

波拉听小个子男人一再威胁杨志斌要叫警察，手抓起电话便朝男人掷去。另外两个孩子也出现了，一点表情也没有，猫一样的陌生目光盯着杨志斌。波拉欲向杨志斌说什么，嘴角一撇，眼泪落了好几串。

“我教育孩子，她就同我打！”小个子男人说着捋起袖子，给杨志斌看那上面的抓痕，是波拉长而艳丽的指甲留下的。

杨志斌听见韩淼在楼梯上叫他，嗓音显得教养十足。

阿曼达仍保持那个姿势在冲洗，几乎给他个脊梁。她是出于自尊，这一屋的人就她还在乎自尊。

电话没砸中小个子男人，他偏一下头躲过了，他和波拉打这类架都打油了。波拉身体一蹿一蹿地叫唤：“叫警察！叫警察呀！”她的样子几乎是快活的，下巴颏、胸脯，整个上半身都送出去，眼看就要招来一场新揍。杨志斌及时挡在了小个子男人和波拉中间，手截住了那只不大却有着足够摧毁力的拳头。杨志斌吃力地将那拳头按下去，却做出毫不吃力的样子。他抬起头，见阿曼达正看着他，一手扯住睡衣，一手用条湿毛巾捂着鼻子和嘴，毛巾浸透了血。杨志斌头一次感到自己在一个受伤少女眼中的形象，一个很好的父兄形象。

他平息了这对男女，说他可以开车送阿曼达去趟医院。阿曼达眼睛在浸血的毛巾上方眨巴着，然后，摇摇头。小个子男人一面套上外衣一面说：“送医院也轮不上你送啊。阿曼达，去穿衣服！”

女孩向卧室走去，完全以她自己的节奏。出来时身上换了外出的衣服，鼻子与嘴仍蒙在毛巾子里。他关切地看着女孩，女孩把他的关切完整地接受过去。

他回到家时韩淼已在床上扁扁平平地躺好了。他挨着她躺下，说：“在我面前还想抢拳头？治他还不跟玩似的！”韩淼没什么态度地躺着。他忽然很想紧紧抱一下妻子。他抱了，很紧，同时有了下一步想法，他感到韩淼的消极、温顺就很好。

星期六上午，楼上的小姑娘阿曼达来了。韩淼正要去图书馆，系了一只鞋的鞋带。女孩不太理会女主人客套的盘问，回她道："和你先生约好上中文课。"杨志斌这时站在狭窄的门廊里，差点"啊"一声出来。他、妻子、小姑娘阿曼达此刻在门廊残存的夜色中站成一个队伍，只有阿曼达脸蛋上有大片的光。小姑娘的眼睛是五岁孩子的，那么信赖。小姑娘从什么时候开始，又为了什么给了他这份信赖，他无从追究，也不想追究。他不能背叛这信赖。他还有种家长般的、护短似的责任感。

妻子转脸对丈夫发出一声惊叫："怎么没听你说起过？！"

他说："啊，是。没顾上说。"他越过妻子在暗色里带一层薄薄白光的黑发看到阿曼达那里。女孩圆滚滚的双臂松弛地将一个海蓝的大笔记簿兜着；肉嘟嘟的两颊，神色有种不经意和坦白。杨志斌瞬时有了种情愿，参加到女孩的谎言中去。模样神态如天使般的阿曼达的谎言能谎到哪里去呢？他对妻子的盘问也变得坦白和从容起来，说："反正我白天也没什么事，在国内我也教过书……"

妻子迅速转向小姑娘："我听邻居说，你父亲是中国人。从香港来的？"

阿曼达说："他是中国人没错，但他不是我父亲。"

韩淼问："常来看你妈的那个人，不是你父亲？"她飞快地看了杨志斌一眼，意思是：这戏够大了吧！

阿曼达说："他是我妈的前夫没错，但他不是我父亲。"

韩淼顺着自己的女人天性，多疑而好奇地紧追下去："那你父亲是谁？”

小姑娘停顿住了，却并非由于难以启齿。韩淼希望杨志斌和她一块欣赏这出戏的新波折。

阿曼达仍是在杨志斌眼睛里找什么。她说：“我父亲不是我母亲的丈夫，但他是我的父亲，没错。”

（Ⅴ）

韩淼在心里搭起一道逻辑演算公式，忽然发现小姑娘兜了她一圈。小姑娘毫无谎意却十分狡黠，她看一眼丈夫，意思是：多么错综复杂，不好玩了吧？

杨志斌已迷失在妻子和小姑娘儿来儿去的某个回合中。他只想小姑娘不会平白无故地把信赖给他，女孩又隔着妻子向他看，这一眼使他看到她稚嫩的内心已经有了痛苦。这时阿曼达说：“我的继父是中国人没错，不过我宁可跟讲得更好听的人学中国话。你们是从北京来的，不是吗？”

韩淼说：“噢，原来你们约好了。”她放进阿曼达，去脱那只已系好鞋带的鞋。韩淼要看看这形势究竟怎么了——楼上那个见人就热络，并且有串门、帮忙、扯生意上的皮条等习惯的波拉很令人头疼，她想弄清杨志斌是否堕落得竟和那个性感的二百五拉扯上了，或许小姑娘是两人拉扯的中介（韩淼当时对我说及此事情，认准主角是幕后的波拉）。

阿曼达并没有马上走进来。她平平稳稳脱下白运动鞋，用穿白棉袜的脚把它们轻轻踢到墙根，踢踢齐。然后她走到客厅里，一步一步的，像个迟到的学生而整个教室都静止下来，看着她。韩淼和杨志斌就那样静止着。

阿曼达问杨志斌她可不可以坐在地毯上，听说可以，便坐下来。坐得很成方圆的，端正齐整地盘起两腿，两个溜圆的胳膊肘恰好端放在腰子形的玻璃茶几上。韩淼想在弄出分晓之后再去图书馆。楼里传说着小姑娘挨揍的原因：她把一只奇肥的蟑螂放在小个子男人的咖啡里，并一口咬定那蟑螂是自己爬进去寻死的。楼里人还传说小姑娘的亲生父亲确是那个老香港厨子，每次来看阿曼达和波拉时总拎一摞外卖的白盒子，沉甸甸地盛满海鲜或肉食。

阿曼达把那个蓝色笔记本打开，纸面爬满黑色、蓝色、红色的中国字。一个字重复好几十遍，下一个字都比前一个字大。字全是一副冥顽模样，无知无畏，偏旁部首都给肢解了。

韩淼用汉语问每星期上几次课，杨志斌顺口就答：“就这一次——星期六，上午十点。”韩淼立刻转脸去问阿曼达，这回是英语：“每礼拜几堂课？”杨志斌看着专注地在簿子上画字的阿曼达，心想：完了，她的回答很可能与自己的不同。阿曼达却仰起脸，无邪至极地朝韩淼看着。韩淼把问话重复一遍，眼盯死杨志斌，让他无法与阿曼达攻守同盟。女孩说：“就这一次——星期六，上午十点。”她以英语一字不改地复述了杨志斌的回答。他想，世界上果真有如此的默契，若不是巧合，便是太珍贵难得了！

女博士兴致与狐疑都消沉了几分。她问阿曼达要不要喝水。女孩说：

“有可口可乐吗？多多的冰！”韩淼给她毫不推让的爽气弄得一恼，同时也一乐。这么大的块头枉长了，脑筋如此简陋。进厨房去拿饮料之前，韩淼对丈夫摆摆下巴，让他也来。

杨志斌一进厨房，她便关上门，问道：“付你多少钱一个钟点？”

杨志斌说：“咳，再说吧，闲着也是闲着。”

韩淼说：“噢，钱没说定呐？！”她神情姿态里出来一种他从未见过的锋利。他想，这就是妻子未来的样子了，一个绝不让自己客户吃亏的女律师。韩淼从冰箱取了听饮料，又去取冰块：“我就知道这女人早晚要祸害到我们家来！还好没付你钱，现在你就去给胖姑娘下课，现在就去！”

他眼巴巴看着妻子，走投无路地进进退退，忽然说：“波拉不是帮你买过两张特廉机票吗？”

女博士说那是她犯的第一个错误，从此便给这女人插进一只脚到家里来了。这楼二十四户，各色人种，哪家没她插的一只脚。韩淼对这种别的本事没有只有一身女人本事的女人小瞧透了。她手指点着杨志斌说：“你等着，不会有什么好事的。”

她拿一个玻璃杯盛上冰，抓起可口可乐就去了客厅。他跟了出去，也觉得韩淼说的“不会有什么好事”似乎说中了什么，他和这个小姑娘从一开始就有“不是好事”的征兆。

以后的两个月里，楼上女孩阿曼达每星期六上午来跟他学中文，学毛笔字。韩淼照例去图书馆，也照例中途折回来两三趟，不是忘了眼镜就是忘了钥匙，有次实在没什么可忘的，便闯进来拿起门后挂的雨伞。

他懂得韩淼是为他好，也为她自己好。护着他不让他落入波拉的圈套（韩淼说她开始以为小姑娘阿曼达不过是她母亲的一个圈套）。

一天下午杨志斌在洗衣房里碰上波拉，她说阿曼达每天下午放学后去给四楼的一家看孩子，挣了钱来上杨老师的课。杨志斌感动得哑然了，半小时后才恢复了语言功能，将英文句子在心里结构了又结构，咬文嚼字地对波拉说："是鄙人荣幸。"

波拉瞠目微笑，不知他指什么。他以为这句话仍不够正确，想重来一遍，记忆里的词汇却流散了一脑子，怎样也捏不出个把句型来了。波拉看他的样子好玩，那么大个子会羞涩成这样，手便抓住他裸露的小臂，看着他眼睛说："那天夜里的事，谢谢你保护了我们母女。"

韩淼说她决定搬家了，地方她已看好，在太平洋高地的脚下，但说起来可以告诉人家"我们住在太平洋高地"。那是居住的一个名品牌。据说那里的某一面墙上偶尔出现三两笔涂鸦，立时就会有人打"涂鸦热线"去检举，那种惊动好比在别的区域发生枪战。杨志斌听说此区的房租昂贵，便问韩淼看好的那处租金是多少。韩淼捋一把他的头发，笑笑说："你就甭管啦，你操心也没用。"杨志斌马上明白，他每月的三位数工钱原本是不能蒙混过妻子的知晓，无法避免她心里的感慨抑或怜悯的，他托在韩淼颈下的胳膊渐渐僵冷。事实上是韩淼把近六尺的他搁在她的翼下。于是韩淼张开翅翼护着暖着六尺男儿杨志斌的形象，在他脑子里怎样也挥之不去。它成了他亲近、爱抚妻子很大的一个困扰。起码这天晚上它很打扰他，又进行不下去了，那个"不行"向他全身输散着一股麻痹，他就只好无进展地搂着她。

韩淼还在说着搬家的事。她说那地方是不如这地方宽敞的，不过邻居里绝不会有波拉这样的品种。她还说搬家前东西实在搬不完，可以举办个“庭院拍卖”，二手货卖成三手货。她又说：“再不搬，楼上那母女要搬进这里了！”杨志斌不高兴她损阿曼达，不过也只能在心里不高兴，一声不吭。他吭不吭声没什么不同，韩淼挣的钱去付那高昂的代价让他去跻身名品人流，现成的好日子，他该有的就是一份现成的感激。

（Ⅵ）

第二天下午，他清扫了房间，又把晚饭烧好，转来转去地思忖，该在哪里抽支烟。韩淼对烟味越来越敏感，晚上回来能大致嗅出杨志斌在白天抽了几根烟。阳台也不行，波拉会打电话提醒她小儿子有哮喘，电话又往往被韩淼接去，波拉口气再软韩淼也认为给这女人在文明教养上钻了空子。在韩淼心里，波拉一家勉强可以给划入文明教养的最低等级。

杨志斌便下楼去，先在信箱里取了邮件，然后走到马路上，边看邮件边抽烟。邮件都是毫不具体，也毫无个人色彩的。都是从不知是谁的手寄出，寄到不论是谁的手里。没有面目的投寄者称他“亲爱的杨先生”或“亲爱的杨女士”抑或“亲爱的客户”，于是作为收信者的他面目混乱抑或是面目虚无。翻到最后一封，是手写的笔迹，他心一乱，拆信封的手指头竟也乱了。一眼就看见了开头的一行：“亲爱的杨志斌老师”，是阿曼达写的，整封信是英文，只有他的名字是中文。他忙掐灭了烟，将信笺塞回信封，然后四周看看。杨志斌不知道自己这样四周看看是什么心理。

他很快回到自己公寓，房间里有些暗，但他并不愿拉开百叶窗。在床头的台灯光里，他一字一字地读完了这封来自十四岁女孩的信。内容极其简单，就是告诉他星期六晚上她的学校要开一次家长会，她请求杨老师去参加。读是全读懂了，可却是不大有把握这个懂是真懂，没有比这些字句更简单直接的了，就像没有比阿曼达更直接单纯的女孩了。问她喝水吗，她便大大方方说："要的，有 Coke 吗？"问她要吃冰淇淋吗，她也不推辞地说："当然。"说她的衣服好看，她就马上说："谢谢。"但杨志斌觉得对这个稍稍肥胖的女孩仍欠缺一点懂得。

他在房间里踱了几趟，不知该怎样拒绝女孩的邀请。她的信赖已令他有些吃不消了，拿了这样一份信赖不可能没有后果的，把这样一份信赖接受下来不可能撇开与之相连的责任。要不要这责任呢？杨志斌站定在屋中央，恐惧地想，他对阿曼达从一开始的另眼相待便是出自喜爱。他居然在那天晚上，波拉的男朋友揍阿曼达时，挺身而出地将这暗藏很深的喜爱暴露出来。也许其他人并没悟到，但阿曼达自己肯定是认识到了。在那之后每一次的上课，她眨巴着毛茸茸的大眼睛，把那喜爱一步步证实，一点点加固。

这正是他对阿曼达欠缺那一丁点懂得的地方，而他对自己的不懂却更深，因为除了不安、烦躁，他身心里那股内向的喜悦在游动和循环。门铃"叮咚"一响，真正的扣人心弦。

门外是波拉。杨志斌赶紧出去，省得她进来。波拉身穿健身房的紧绷绷的健身服，一部分肉体被收缩，另一部分肉体无可避免地被挤压得漏于那收缩之外，于是长度不够的波拉身上呈出恶狠狠的肉棱。她问他是否收到了阿曼达的信，笑成很调皮的样子。他支吾着说收到了，可他星期六晚上必须上班。波拉嗔嗔地说："阿曼达不要里昂去！"里昂便是那投机倒把卖二手车的小个子男人了。"阿曼达越来越没法和里昂相处了。到了这个岁数的孩子，简直就是小魔鬼，从来弄不清她脑子里是什么玩意儿。我知道，她是嫌里昂不够好看，小姑娘这方面的自尊心都是特别强的……"

杨志斌肯定波拉絮叨的远比他耳朵捕捉到的多，她一再强调阿曼达对他的尊敬和信赖，这尊敬和信赖令他羞怯却也欣慰。波拉又说："就说你是阿曼达的伯父好了……"他插不上嘴，面孔上的笑容是明显要把这样神圣的身份谦让出去。他可以有一堆借口：请不出假；妻子不愿意；英文太次，去了也是又聋又哑等于摆设。无意中抬头，他瞥见三楼的楼梯口，阿曼达趴在那里往下看，看着他，眼睛比平常紧张，似乎她或生或死都是他看着办的意思。

他满嘴托词待他张口时却成了应允，阿曼达的脸立时缩了回去，紧接着他听见她向楼顶跑去，脚步一路撒欢。他不再留心波拉啰里啰嗦的谢辞，只想这事怎样才能和韩淼说得通。他想让他喜爱的小姑娘阿曼达再好好地信赖一次，让她天真无邪的虚荣心好好地满足一次。

杨志斌和阿曼达约好在学校的停车场碰头。小姑娘化了妆，高高束起长发，又在脸庞垂挂几绺散发，用发胶做成葡萄藤状，颇牵人心。她看见他马上跑上来，看得出她前一秒钟还在焦心他会食言。他穿一件从旧货店新买的深蓝西装，仅换了一副锃亮的铜纽扣上去。纽扣是崭新的，从一家车库拍卖会置回了一整盒，包装尚未启封。阿曼达说：“你看上去真酷！”他笑笑，有点担心进入不了角色。

阿曼达这晚上话很多，满口中学生的激烈词汇，他多半不懂，只看她眉飞色舞，比手画脚便很有趣。其实这些表情是波拉的，但在女孩这儿却自然而可爱。阿曼达走得先他半步，他的眼睛避不开地要去看她浑圆的一段脖子，也是茸乎乎的，皮、肉、骨的关系和成年女性很不一样。

一些家长也正朝教室走。一位父亲的手搭在女儿的肩上，侧头听她说着什么，这个姿势是可以借用的，杨志斌便将左手抚在阿曼达脖子和背交界的地方。女孩看他一眼，他笑得很慈爱。阿曼达很快摆脱了腼腆，接着去讲他们孩子间的是是非非、恩恩怨怨，他的手触摸着女孩那块肌肤，轻不得重不得，似一种享受亦有些受罪。

家长会只开了半小时，是关于一次周末野营的会。散会后杨志斌对阿曼达说：“我先送你回家。”小姑娘问他为什么自己不回家。他支吾一会儿，感到要把这事用英语讲清难度太大。韩淼知道他星期六晚上若值班的话会到下半夜才回家。现在只有八点，至少要到哪里去混掉四小时。

阿曼达快乐地说：“酷！那我也不回家，我带你去好玩的地方！”

杨志斌知道果真这样，事情可能就会出在这里。但他又有几分好奇，想看看究竟会发生什么样的事。快乐谈不上，却有什么使他振奋起来。近两年的伴读生活，杨志斌第一次有了这样的振奋。阿曼达领路，他把车一直开到太平洋边。浪很大，铺天盖地。每个浪头蹿起，小姑娘就尖声叫着，往他怀里躲。他敞开西装的前襟，让她把整个身体躲进来。这是个发育过剩、弹性十足的女性身体了，只是小姑娘对它的觉悟还远远落在后面。她在他怀里动弹不停，快活得拳打脚踢，胖嘟嘟的脸蛋表示，这晚的一切都好玩死了。

冷得不堪了，杨志斌被阿曼达领进一个吧，她说她妈妈和里昂带她来过这里。桌子靠窗，可以看见大洋里庞大的礁石被月光照得嶙峋古怪，礁石上淋漓着白花花的海鸟粪便。凶险和美丽有些摄人心魄。他给阿曼达点了杯梅汁，给自己要了杯啤酒，又为女孩叫了一盘墨西哥玉米饼脆片，蘸新鲜的“嘎楷毛勒”[1]。他居然能独立地、称职地点饮食，主人翁似的拿主意，这感觉相当好。阿曼达把主权都交给他，征求她意见时她便快活地点一下头，那神态像小孩学大人，又像大人装小孩。小姑娘的眼睛跟着他眼睛，非常希望他认为她很乖。因此他便给了她一句：“你是个乖孩子。”女孩快乐透了，进一步希望她的一招一式都引起重视和喜爱。显然是从来没人这么拿她当回事。突然间女孩启口道：“我爱你。”

杨志斌害怕了，转念想到这岁数的孩子把什么话都讲得过重：爱这个，恨那个。他一面给自己压惊一面问：“你还爱什么？”小姑娘不假思索地说了一串：Brad Pitts（布拉德·皮特）、哈根达斯冰淇淋、弟弟、妹妹、某某某同学。顿一顿又说，她还爱没有里昂的日子。他问：

---

〔1〕一种热带果实 Avocado 与鲜辣椒制的佐酱。

“你不爱你妈妈吗？”她说有时候还行。

十一点刚过，杨志斌付了账领着阿曼达出来，她说下次还来。他一心一意启动着一九八九年的“丰田”，对女孩说他们下月要搬走了，小姑娘顿时静下来，过一会她问：“搬回中国吗？”

他忘了“太平洋高地”怎么说，就只好不置可否。

（Ⅶ）

“我巴不得也去中国。”小姑娘说。

他觉出她声音的异样，扭脸看她，昏暗中她圆圆的轮廓像个胖天使。此后，他就看到了一颗眼泪。真想不清楚，这小姑娘会为他心碎。什么时候他已放弃了对付那常常作怪的老引擎，他嗅到小姑娘的发胶和廉价香水的气味。

在回家的路上，杨志斌不敢想象刚才和这十四岁女孩揉成一团的竟是自己。（韩淼对我说，假如杨志斌当晚出门前不对她撒谎，而是照实说他去扮演“伯父”参加家长会，那事不可能发生的。她说不定也会让他去，会有一点别扭但最终会让他去的。若是那样，他们就不必在外面消磨一个晚上，不会出现那样的紧急事变。）

杨志斌在五月十八日这天下午和女孩阿曼达在楼顶储藏室里约会。三个月前他替波拉搬上来的这张床垫竟会派上如此的用场，是他当初怎样也没有料到的。一切又正是从这床垫起端的。他和小姑娘的事韩淼毫无觉察，每天的话就是嘱咐他如何打包，留什么卖什么。阿曼达星期六来上课，她也不再中途折回窥视破绽。其实已无课可上，小姑娘来了只是眼神呆呆地坐在那里，他抱抱她，她也由他抱，眼神只呆呆的。她看见客厅摞着大大小小的纸箱，忽然问说："你撒谎。你不是搬回中国。"

他悲哀地看着她，想说，有什么不同呢？却想不起这话怎么说了。

小姑娘这样子发呆，仿佛对整个事态做了反应。这桩发生在她身上的事，她尚未判断出它是好是歹，自己对它是喜欢还是憎恶。她生来就是个反应迟钝的孩子。她看见纸箱子上搁着把旧吉他，走过去，手指弹出"嘣嘣"的响声。杨志斌把吉他拿过来，唱着弹着。阿曼达听了一会儿，凑到他身边，头伏在他肩上，眼神更呆，杨志斌觉得这事不三不四的，但也算是一场恋爱。想到"恋爱"二字，他鼻子猛一酸。

星期日一早，韩淼和杨志斌把阳台上的二手货搬到楼门口的马路上去卖。波拉和小个子男人里昂走过，看了杨志斌一眼。他觉得这两人是特地跑来给他这一眼的。韩淼跟他嘀咕："这两个最热衷买二手货三手货的人，怎么今天没胃口了？"杨志斌没心思与她搭档揶揄。

又过了两天，杨志斌一直没见到阿曼达，他忽然想到她的学校野营的事。又是两天，杨志斌意识到自己已陷入了对阿曼达的思念。这思念强烈、凶猛，每个细胞都在极苦的期盼中鼓胀得要裂开。这是他和韩淼在此地的最后一周，周末韩淼请了几位朋友吃饭，因为这些朋友第二天要来帮忙搬家。（我也在被邀之列。）

朋友们到的时候近中午，按了十多分钟的门铃也没人应门。大家渐渐在楼梯口聚齐了，正议论着韩淼如此有谱的一个人竟把大伙给晾在这儿。门却开了，里面走出一对男女和一个十四五岁的女孩，女人和女孩一直在哭，脸上的妆稀里哗啦。韩淼垂头跟在他们后面，对朋友们道歉，说出了件意外的事。今天只好取消聚会，家也不搬了。

杨志斌是星期一晚上被捕的，他自认为的一场恋爱被警方叫作“诱奸”。他以为小姑娘能为自己的身体和感情做主，警方却告诉他，她尚未到做主的年龄。替她做主的是小个子男人里昂，还有波拉。

出庭之前杨志斌一直没有见到阿曼达。从原告席上站起来的年轻女子已是杨志斌不认识的了，她比阿曼达成熟老练，消瘦了许多，婴孩般的胖脸蛋不见了。是个有了些经历和磨难的小妇人，苍白而倦怠，两只眼睛更大，却失去了天然的茸毛，取而代之的，是被睫毛膏做成的黑色荆棘，和她母亲一模一样。那憨态的、无意识嘟起的嘴唇也不见了，嘴唇是精心摆出的形状。年轻女人在受到众人关注时的一丝得意使那嘴角微微使着劲。然而她蜕变成了一个多么美丽的女郎，目中无人地扫视全场。

韩淼这些日子在朋友们家里诉说她和杨志斌的感情。她变得碎嘴唠叨，一说就从大学一年级她初识的那个风华正茂、品学兼优的杨志斌说起。朋友们从来不知道她心底不但没有对自己丈夫的轻蔑，有的竟是这份根深蒂固的崇拜。她一家一家地跑，说是喝杯水就走，却往往是三四个小时坐在那儿谈那个才貌双全的杨志斌。人们开始有些怕她，尽快告诉她他们手头不宽裕，只凑得出三两百块给杨志斌做律师费用。韩淼为乞来的这点帮忙会潸然泪下，更是停不住口地说她如何理解、信赖杨志斌，他完全是落入了一个陷阱，那对狗男女看中老杨的厚道来陷害他。她一再说起曾经英俊、正派的杨志斌，女人们都默默为他害相思病：

“你们不是都看见了，就是到这个岁数，他还是少有的帅，对吧？”人们奇怪，韩淼说起杨志斌的英俊来不再有那点难为情。

开庭前，韩淼对杨志斌说：“不管判你什么，我反正会等你。我知道，这事不能全怪你……”话未尽，眼泪已流一脸。

杨志斌纳闷，妻子这张泪水纵横的面孔没给他的心多少触动。他觉得他真正的痛苦和创伤，她并没有懂。他自己并不见得懂。在和阿曼达度过的那些好时光中，在他有那股深深的喜悦时，他似乎是懂的。

杨志斌的辩护律师是韩淼老板的同窗，曾驳回不少已成为定局的案子。他手里有一件重要物证，就是阿曼达给杨志斌的亲笔信，它可以说明女孩的主动：她远远不是在杨志斌手里“失去童贞，身心健康受到重创”的牺牲品。他至少可以把杨志斌的案子从“诱奸”辩为“性骚扰”。界定两者是“进入”与否。杨志斌听着这个被作为法律术语的“进入”在律师口中来回翻炒，最后炒出个无嗅无味的结论：“进入”没有发生，因为原告缺乏“进入”的证据。就是说，处女阿曼达在何时何地失去了处女身份是完全无法追究的。

在律师呈出阿曼达的信时，阿曼达朝杨志斌望了一眼，这一眼与他俩头一次相望几乎一模一样。那种同是天涯沦落人的默契答对，却有一丝不同，那便是女孩目光中的苍凉，对世态炎凉有所领教的凄楚，她美丽的眼睛以这目光发出长而深的叹息。杨志斌几乎恨起这个越说越在理、越在理越不依不饶的律师：他当众把小姑娘的那点隐私出卖了，小姑娘对“亲爱的杨老师”的情谊和信赖被辜负了。杨志斌于是开始痛恨自己，小姑娘那蒙昧赤诚的信赖怎么如此轻易地就被他这个四十二岁的男人窃取了？此后就是利用，就是辜负，然后是出卖。在众目睽睽之下，他们背弃那一段美好的忘年情谊，相互残杀……

轮到检查官驳证被告律师了。他说到杨志斌“以教音乐为诱饵”时，被告律师制止住，律师纠正道：“是教中文，不是音乐。”

检查官毫无表情地说：“这是谎言。”

律师问：“此话怎讲？”

检查官告诉全体陪审及法官，女孩阿曼达绝不可能跟杨志斌学中文，理由是：阿曼达不但懂中文，而且精通中文。

律师笑了，是对于荒诞言论的傲慢笑容。他说：“请问有证据吗？”

检查官示意阿曼达起立，递给她一张中文报纸。他向大家解释，它是当日的报纸。阿曼达挑了一段文艺刊的散文，轻松流畅地朗读起来。那是段优美闲逸的文字，虽被读得字正腔圆，却不知怎的添了一抹异国情韵。

杨志斌木讷地看着少女苍白的侧影，嘴唇那样伶俐。韩淼在他后面，呼吸止住很长一段，再有气喘出时，便像看恐怖片那样带着毛骨悚然的战栗。

杨志斌希望阿曼达能再看他一眼，他或许能从这一眼中得到哪怕百分之零点一的解答。少女却再不回头，于是他离彻底的迷惘又近了一步。

十五个月后杨志斌刑满释放，妻子韩淼已通过了律师资格考试，拿到了执照。她说她已准备买一栋房，新的开始在那儿等着杨志斌。他告诉她他是多么领情，不过他已拿定主意回国，回云南老家去。韩淼问他是不是觉得在朋友那里抬不起头，他很想说：谁是我的朋友？但他想想，算了，便眼睛看着别处摇摇头。（韩淼跟我说：“他那样子好可怜呐，就像国内那时候‘冤、假、错’给整傻了的人！”）她伸出手捋了捋他花白的头发，又摸了摸他白胖的脸，告诉他那个阿曼达心理肯定不正常，听原先那些老邻居说，女孩不到十岁就开始看心理大夫，还听说她有一任继父是中国北方人，大概她从他那里学的中文。

就在杨志斌打点行李，办理离婚手续，各处打听买廉价机票的时候，他接到一个电话，是阿曼达打来的。她问他可不可以见一次面。他马上说可以。阿曼达问什么地方，他说市中心购物中心的地下咖啡厅。一秒钟的沉吟，她说好的。女孩嗓音中已完全没了曾经的稚声稚气。

阿曼达迟到了十分钟。他见她的唯一目的就想弄清她究竟为什么毁坏他至此。当看见一个染了头发、臂膀上刺青的美丽年轻的女人阿曼达，他想想还是算了，她成长成眼前这个阿曼达，其中必有他的喂养。她说里昂买了房子，他们搬过去有半年了。他随口问那地方叫什么，她说了它的名字。他心忽地一动，那地方到这里要开三小时的车。阿曼达告诉他，她一清早被她妈差到加油站旁的小店买牛奶。一个加油的人和她搭讪，那人恰是开车来旧金山，她便搭了他的车来了。她笑笑说她身上只有一加仑牛奶的钱。她坐在小桌对面，就这样不紧不慢地告诉他这些。

这时他忽然意识到，她讲的是汉语，无可挑剔的汉语。

（今年初，在一次交通阻塞中我发现旁边一辆车内有个面熟的侧影。我落下车窗叫了声：“老杨！”竟真的是杨志斌！他说他在一家中国人开的超市做工，并请求我别把与他的邂逅告诉韩淼。韩淼以为他早已回国，并因此而如释重负。他说我是唯一知道他“黑”[1]下来的人。再想多谈，他那道车流松活了，他的车渐渐消失在前方车辆的巨大群体中。从此没有任何档案、记录证实他的正式存在。他的非正式存在对于一切人，包括美国的移民及税务系统都是一个秘密。他对自己从前生命痕迹的抹煞，或许是他唯一能获得的自新。我——他秘密存在的唯一知情人意识到，他似乎是自由而洒脱的。在如此广漠而黑暗的自由境界中，他或许连阿曼达带给他的那种深含耻辱的畸恋也不需要了。）

〔1〕“黑”即黑户口，没有身份和任何官方记录的“黑民”。

栗 色 头 发

/

霎时间，我又回到对这种语言最初的浑沌状态。
我不懂它，也觉得幸而不懂它。
它是一种永远使我感到遥远而陌生的语言。

（Ⅰ）

既然你知道所有初到美国的人都活得不顺心，我就不多介绍什么了。我和所有大陆来的学生无二致：想多挣钱、少付学费、住便宜房子和吃像样的饭。

一切都是他那栗色头发和我这副长相引起的。

我长了这么副模样：小时候人们称它漂亮，大起来人们认为它惹是生非。我估计毛病出在我的一双眼睛上：当它们挺凶狠地盯着某人时，人家说我脉脉含情；当它们心不在焉东张西望时，人家说我傲慢自得；当它们纯粹发呆、无所用心时，人家说我孤助无援，极其招人怜爱。

我忘了我这双误会百出的眼睛正处于何种状态，总之我头一眼看见的是一团栗色——一个栗色头发的男人趁我不防已近在咫尺地矗立在我面前。这时的我站在洛杉矶市区一所语言学校门口，等李豪开车来接我。我知道这样闲站着不是好女孩的样子，但我无法抱怨从不准时的李豪，因为他是我女朋友孙燕的男朋友，孙燕是我在从北京到洛杉矶的飞机上结识的，虽与她在飞机上过了十几小时吃喝不分的日子，交情毕竟没深到随意嬉笑怒骂的地步。

“栗色头发”长得很高，我认为他俊是因为我小时候单恋过十八世纪的诗人拜伦，记得最牢的是拜伦的栗色头发。

他头句话问我是否来自中国大陆，我赶紧“Yes”，同时怀疑自己看上去要么土头土脑，要么呆头呆脑。他咕噜了一句话夹有“Japanese”，我猜他是说我长得像日本姑娘，不幸的是我没长着一双萝卜腿：它们象征着健壮、富有和征服全世界。

我与“栗色头发”对起话来，因为李豪似乎是不打算出现了。日后我英语进步，又与他相熟后，一提起我们最初的对话，两人总是笑得要喘。

他问：“你来美国多久了，学什么？”

我答：“我的朋友会来接我的，谢谢你，不用你开车送我。”

他说：“你长得非常……特别，非常好看，我从未见过像你这样古典的东方女子。”

我说：“对呀，天是特别热，洛杉矶就是热。不过我的朋友一定会来的，你不必操心。”

他一边微笑一边上下打量我。我一本正经地穿着皮鞋，头发梳得一丝不苟，丝绸衬衫的纽扣从脖颈一路扣到底，毫不马虎。我后来明白，穿着上如此的严谨、烦琐，就被称作“土气”。后来我也根据这点去判断谁是大陆的最新来客。

他接着说：“我希望你能帮我个忙……”

见他停顿下来，我估计他结束了句子，便根据猜测自说自话起来。到美国，十有八九人们都是问我同一些问题，所以我用不着听懂，可以直接顺口背诵答案。我说：“我来到美国一个月零七天，正在苦学英语。我大学专修中国文学。曾经学过八年舞蹈，四年芭蕾，四年中国古典舞。”

我把握十足地想，假如他再来下一个问题，我就答："家住北京，故乡上海，父母健在，弟兄和睦，等等。"

他苦笑起来，被语言的非交流状态折磨得很疲劳。我也笑了，心里恶毒地骂着李豪混账，把我撇给一个陌生老美，让他在一刻钟内榨干我肚里所有英文。

"我是想请你做模特儿。我们的绘画俱乐部，一直在寻找一位典型的东方模特儿。"他很慢很慢地讲，手的动作比嘴的动作剧烈多了，"我们会付你工钱，一小时十五美元。我希望你会答应。我是个业余画家，职业工程师，是专门设计救火车的……你懂吗？"

我继续答非所问地说："我？我不想当工程师，我想学文学。"我想，不知这人打算什么时候饶了我。他最后遗憾地耸耸肩，嘴里一再说我美。美我是听得懂的，在中国话里，它也是我懂的最早的一个字眼。告别时他塞给我一张字条，上面是他的地址和电话号码，还有其他一些什么字。他长时间地看着我，那双我怎么也看不透的灰眼睛静止着，已不像开始那样快乐，却比开始多了太多的内容。我再次倾心他的英俊，并在他递纸片时偶然留意到：他手指上没有戒指。

他离去后我心里有点激动，有点暧昧的快活。不管怎样，这比一天什么都不发生要好些。

他叮嘱了我不止五遍，让我千万别扔了那张字条。而当他一转身，我立刻就扔了它。一辈子中，你会遇到无数给你写下地址但绝没必要重逢的人。那些带有地址的字条若被保存下来，你会想不起他们是谁。若想起来，你会平添一点惆怅。

而李豪却把那字条拾回来，并说在异国多个地址就多条路，就多个时来运转的机遇。

李豪告诉我十五元一小时的工作对留学生来说是天方夜谭的美事，干一个月就能挣出半年学费。“你看，”他指着那张字条，“这上面白纸黑字写着呢，等于合同书，他不敢不兑现……”我被说动了，心算一小阵，这份工资当然值得李豪大喊大叫：矮小的他每天扶一个身高两米的瘫子走路，一小时才挣七块；孙燕那份照看孩子每小时五块的工作，还是跑细了腿觅来的。

回到住处，孙燕正准备结婚行头，一床的中西礼服都是借来的，租礼服对他们来讲都太奢侈。两人都以缴学费来维持留学生身份，租两处住房也不合算。孙燕的话是：一碟菜一人吃不嫌多，两人搭伙也足够。所以她决定牺牲自己，嫁给李豪算了。这样她可以转换成陪读身份，当学生眷属。这间住房是从一群老太太手里租来的，廉价到了让我们难为情的地步。全套家具都是从马路上捡来的，包括李豪那辆车。那辆车常常不动，然而家具却件件都会动。

帮孙燕试衣服时，我讲起“栗色头发”。她一听十五元一小时的工作，激动地惨叫一声。

第三天我便去了。从孙燕借来的结婚礼服中挑了件宝蓝旗袍，把头发在脑后梳成我外婆年代的发髻。就这样，我钻出李豪那辆被撞得扁脸凹腮的车，让自己款款出现在这群美国人面前，我看见“栗色头发”在远处朝我瞠目结舌地望。

然后，我这好看的、会移动的中国古董，就被安置在一把高高的椅子上。而椅子被搁在四平方米的椭圆形浅池中。所有灯全对准了我，灯后面的一切都变得黯淡了。那椅子高得我不能随意上下，但可以旋转。有人上来把椅子上的我朝四面八方摆弄一番，不知怎么了，所有人的英语顷刻间变成一种我完全不懂的语言。这屋子上下左右都围着深紫色丝绒，我被孤零零地镶在这片深紫色中，汗水开始在我脊梁上爬。

“李豪……”我叫道，自己也被这突如其来的叫声吓一大跳。没人应我，李豪早已走了。我真的就这么被撂给一群陌生的异国人。这陌生是实质性的，它来自不同的人种、国籍、语言，当然还有观念。我又唤一声李豪，我听出这叫声中的委屈和哀痛，像只失群的雁。

洋人们笑起来，不知我的哪一点引起了他们的关心。我身体被转向一个方位，脑袋被转向另一个方位，真不懂他们为什么喜欢把一个好端端的人搞得这么七弯八扭。我似乎明白椅子之所以这样高的妙处：你既然被搁到上面，要怎样可就由不得你，要逃也妄想。

我听见画笔在纸上移动的沙沙声。

所有的大聚光灯都那么毒，照准席间唯一的一盘菜，就是我。

有人问我：“中国现在还有红卫兵吗？”

我只听懂了中国二字。便答我的父母在中国、兄弟在中国，我所熟悉的一切都在中国。说到这些就勾起回忆：离起飞尚有两个多小时，中国海关就把我隔离到“中国人”之外去了。父亲似乎一下老得笑也笑不动了，他在最后一刻塞给我一只信封，我不用打开看也知道，那是他仅有的五十五美元。在此之前，这点钱被我俩打架一般推来推去了多日。后来父母在我的央求下离去。所有乘客都登机了，只有我被剩在那间已经与“中国”隔离开来的屋里。我偶尔举头，发现了父亲，他站在楼上，透过一个奇特的角度与我遥遥相望。我意外极了，向他摆摆手。他的整个表情都在表示他对能否再见到我完全无把握……洋人们仍在热烈地谈论着中国，我听不懂，唯一听懂的是某人酷肖地模仿中国人吐痰：引长颈子先大声清理喉咙，然后响亮地往地上一吐。所有人笑起来。

这时我发现这个模仿者是“栗色头发”。

他一边笑一边朝我顽皮地眨眼。

灯暗下来，“栗色头发”给我一小杯咖啡，并笑着问我他学中国人吐痰学得妙不妙。我们依然东拉西扯、牛头马嘴地对着话。

“我的姑妈十年前从台湾搬到了美国。”

“那次我到中国，在火车站看见一伙男人互相在头发上翻检，不时从里面找出点什么，后来明白那是虱子。”

“我的理想是在美国学习，同时当个小说家。北京不像我在美国听说的那样脏。”

好歹我俩能谈下去。而且不久我懂得他的英语还胜于我懂得其他人的，他开始以他的英语来为我翻译其他人的英语。

比如那个话最多的女动物学家对我说：“听说中国人没有足够的粮食和肉，全国在一夜之间就打死七百三十五万零三条狗，然后把它们全吃了！”

当时他为我翻译得很简单：中国人爱吃狗肉。多日后，估计我不再有机会去为自己受伤的民族自尊反唇相讥时，他才把原话翻译给我。

话最少的要数那位退休警察。一次我与“栗色头发”交谈时，他突然跑过来，将食指竖在嘴上，冲我“嘘”了一声。后来知道，他当班时在任何地方见中国人聊得热闹，都会跑过去朝他们“嘘”一下。

喝咖啡时，我顺便浏览业余画家们作品中的我：我变成千百种怪模样。有个坐在轮椅上的姑娘在大家休息时仍坐在原地不停地画，仍是不断地瞅着屋中央的高椅子，尽管那上面已没了我。我走过去看她的画板，并违心地夸她画得出色，一个残废姑娘嘛。她自信地笑笑，说：“中国人都长这样。”

我不懂她说什么，但她的神态有点令我不快。我让“栗色头发”翻译。

他这时却不开口，雾一样的灰眼睛凝视着我。

周末他常约我一起出去吃饭，他会在餐桌上，一个小时内数次放下餐具，这样惊讶、痴迷地看着我。见我颠三倒四地舞弄餐具，他会忽然抓住我的手，样子是那样的激动和忘情。

我这时的脸会僵在一个笑上。然后听他轻柔地说：“你笑起来牙齿真美，不过听说百分之八十的中国人不刷牙。”

在画廊工作到第三个月时，我和老板闹翻了。按他的精确说法也不叫闹翻，不过是双方不愿再合作下去。两个多月，我一周三次来此地，让一帮毫无天赋的狂热的绘画爱好者画上三小时，按韩寒的话说是撞破脑袋也撞不来的大运。韩寒是我语言学校的同学，“托福”已考了六百多分却仍泡在语言学校，因为对于主修科目，他一天少说有十个念头。他到美国已两年，从二元七角一小时洗盘子开始。只有我心里知道我这工作的苦楚：你得穿上绣得沉甸甸的厚袍子，像根麻花那样全身拧着筋，被搁在十几个聚光灯下，绝对静止地搔首弄姿三小时，你稍微动一动就会听见不满的咂嘴声。还有更多的、难以解释的苦。

所以在老板对我进一步提出要求时，我决定不干了。而“栗色头发”一听老板叫我，就立刻从画板后面站起，与我一前一后地走进老板的办公室。经过长长的画廊时，他叫我停下来。廊壁挂着标了价码的画，人们可以在此参观、购买。我看见一幅很平庸的静物上写着他的名字，一个三百元的标价被红笔画去，新价码是一百元。

（Ⅱ）

“画得不好。”他说。

我没说话，笑笑。画得是不好。

“不过我画你会画得好些，会画得像些。”

我依然笑笑，他认为画得像就是好。我想他画救火车的零件一定画得极像。

进了老板的办公室后，老板从椅子上欠起身，对他客套几句，似乎有些阿谀。我当然知道那是因为他花许多钱资助这个画廊。

“你的身材很好，非常美。”老板对我说。“栗色头发”坐在角落一张沙发上抽烟，这时警觉地看了老板一眼。老板继续说：“我可以付你三十元一小时，如果你愿意脱去衣服。”

他顿时站起身，说：“她听不懂。”

我当然听懂了，三个月来我的英文理解力突飞猛进。我知道老板把我当那种漂亮傻瓜了，老板再一次仔细地解释他的意图，我仍沉默。尽管人们正消除对裸体模特儿的成见，但我想，世上有比我更合适的女孩来做这高尚工作，做这高尚工作需要麻痹些许的自我意识。老板得不到回答，便把价钱一个劲往上涨。“四十元一小时，怎么样？”老板两眼直闪光，这价钱使他自己都感到惊心动魄。

“我完全不懂您在说什么。”我说，并礼貌地笑笑，这种笑会让人误会我目中无人。

老板求援地看着他，“栗色头发”表示他无能为力。老板让我等一会儿，表示他去取了合同书给我看，我就会懂。我说：“不必了，我的功课很紧，没有时间再到此地来工作。”

走出老板办公室，他显得轻松而快活。

“你其实听懂了。”他对我说。他的灰眼睛笑起来越发没焦距似的。

“一个字都没听错。”我说。我丢了份颇好的差事他乐什么？

“你真不要这笔不错的工资吗？”

“你好像也不想我要。”

“好像？”他稍稍一恼，“我绝对不让你要！”

我想这人凭什么以这种霸道劲头对待我，但他那点霸道让我心里一阵舒服、温热。它让你感到你是被安全珍藏的一个什么玩意儿。我们再次停在画廊里，面面相觑。他想讲什么，长时间潜在我俩东拉西扯、风马牛不相及对话中的一句最切题的话，眼看要被道破，但不知什么又使他沉默下来，我有点高兴又有点扫兴。

最后一天，他在我下决心跳下高椅子之前就将我一把抱下来。我看看四周，发现人都走空了，就剩下他和我。告别非常简单：我和他盘腿在地上嚼爆米花，过一会，两人相对着傻乎乎却又惨兮兮地笑一下。

我们都明白，想的话，我们以后还会相见，愿意的话，我们可以延长我们的相识、相知。但我们都明白，主观与客观上的原因会使我们不想，不愿再见面。人有时会这样：让心里的永远属于心里。

他开车送我回到住处时已近午夜，心被一种不够正派的感觉折磨着。他停下车，面孔极其平淡地朝着前方，等着我开门，钻出去。突然间，他说：“你在骗我，你不会再见我了。”

他倒是看透了我的真实想法。在他开车的一路，在他兴致勃勃地谈起他将怎样帮我摆脱中国人不整洁、不礼貌、不文明的居住环境时，在他提到“中国人”所冒出的独特口吻时，我就决定不再见他。你可别指望我有足够的钱定期往牙医那儿送，也别指望我绝对摈弃响亮吐痰的习惯。谁担保我仅获得民族美德而断净民族缺陷？

他的手轻轻在我脸、脖颈、肩膀上抚过，我看着他，什么也讲不出来。当我讲不出任何话时，我就干脆装作任何话都没听懂。等李豪和孙燕一结婚搬到别处，我也得另外找窝。他不会得到我的新地址，这样多么好，心里的就全封存在心里了。

“我何苦要爱你呢？”他苦恼地说。

这时他倒用了个问号。正如我一样，他困惑于我们三个月来发生的感情。这下他识破了它是爱，但何苦、何故要爱呢？这样爱下去会有什么结果呢？经历了一次婚姻数次恋爱的他以及一心一意奔波生计的我，都没时间没精力做任何没结果的事，而所能预期的结果正使我们忧心和举步迟疑。

我们没有理由爱，正如我们没有理由不爱一样。

韩寒在等我，一见我就嬉笑起脸："他那车真阔！你不是说你不懂车吗……"

跟男孩子相处真难，要么他吃醋，要么他生怕你榨取他的劳动力而躲你远远的。孙燕在帮李豪剃头，等那个头剃出来，李豪就会与韩寒变成双胞胎。自从孙燕从大陆带来一套理发工具，他俩都决定要钱不要模样了。

韩寒特地来告诉我，他女朋友严平决定辞工，我若愿意，明天就可以去面谈。我停在那里，等着自己拿主意。刚才在楼下，我答应了他，若搬家一定给他新地址。但要是顶替严平，就得在一家香港商人家当女佣。虽然韩寒说那家绝无主雇之分，但去海边度假是不可能了。再说，我的自尊也不容他知道我给人当女佣。或许是虚荣不是自尊，管它呢。

淋浴时，孙燕硬要进来和我挤热闹。她关切地问起他与我以后的打算，并说长得好看是不一样。我轻描淡写地哼着歌，她还在细细打听着他的一切。

郭太太爱吃醋，严平告诉我，在郭家最闯不得的祸就是无缘无故地对郭先生笑。到郭家七天，祸事没发生在有艳史的郭先生身上，但它绝对也是难以获得原谅的：这玻璃天花板真不结实，只一捅，就被我捅得碎如残菊。

听到郭太太在餐厅里与两个孩子讲话，我哆嗦得浑身冰凉，几乎想扔下拖把，就此逃掉。

五分钟之后，郭先生已浑身光鲜地出现在客厅，大着嗓门向所有人道早安，也包括我。我生怕他看见刚被我捅破的厨房天花板，忙痴头痴脑对他一笑，幸而郭太太没看见。

郭太太唤我，我一下子想起我这是在上班。脑子迅速转了弯，我赶紧倒了橙汁给郭先生端去。等他那边饮尽橙汁，我这边就得立刻提供烤热的面包，不可以把一顿早饭弄得断断续续，头天我就得到如此教诲。

开冰箱声音颇重，惹郭太太眉心打了个结。留学生住的地方冰箱得死用力才关得上，在那里一切东西都得死用力才能让它们功能正常：车门、房门、壁橱门、抽水马桶拉栓，等等。

郭太太平常不上班，除非郭先生在店里忙不过来，或有个店中某女店员告假。她这会儿不会到厨房巡查，先生上班后她会马上回床上睡去。

等郭太太进了卧房，我忙打电话问严平：那天花板是原先就破的，还是果真毁在我手里。自我顶替她，不懂处我总打电话问她。比如当我抱着孩子，郭先生上来与孩子亲热几乎亲热到我身上，我该怎么办；郭太太揍孩子我该求情还是该装聋作哑，等等。

“你可留点神，”严平常在电话里吓我，“郭太太最初就是为甩掉郭先生的一个女店员才从香港搬到美国的。你来面谈时，郭太太差点不要你！”

“为什么？”

“你长得太丑啊。”严平大笑。她可以放肆，因为她那边整天只有她和两条大狗，她的工作是看房子和遛狗。虽工钱不多，但她与韩寒幽会，狗绝对不会告发。不像我，头天刚捧起书看一会儿，两个孩子中年长的那个就向他妈告状。

他妈妈大声驳他："你自己不会玩吗？阿姨就不能抽空看会儿书？"

我听见了，发誓赌咒以后再不看书。

年幼的那个好对付一些，受了点亏待也讲不清什么。你只要盯住他别让他去碰各类电开关，别拾到什么就往嘴里放，就行。他到了这个岁数，让他自己走路比你抱着他还累，他自己吃饭比你一口口喂他还费时。

大的那个比较烦：他会把所有的东西都打开，看看内部。比如电子或机械玩具、他母亲的首饰盒子、他弟弟的尿布。他已得到下游泳池的应允，但他下水时我必须穿上泳装和救生衣守在池边。严平、韩寒有次来看我，说我的脸被晒花了。"怎么那么傻，挨晒呀？坐到树荫下读你的书！郭太太不是阳光过敏从不到院子里来吗？还穿救生衣？你没把自己捂馊啊……"

严平说她在郭家从未留心过厨房天花板，看来我是祸首了。她随即给我出主意让我请人悄悄来换一块新的。怎么可能"悄悄"？郭太太最近天天在家，因为郭家要卖掉这所房子，弄得家里总是门庭若市，不断有人来参观或与郭太太既彬彬有礼又大刀阔斧地杀价。郭先生告诉我：他们已买下另一处有五个卧房四个浴室的房子。有那么多的卧室浴室的房子在我看来差不多是个汽车旅馆了，不敢想象擦洗四个浴室将是怎样巨大的劳动量。郭太太爱干净，不仅房子外观漆成白色，还吩咐我浴室要一块瓷砖一块瓷砖地擦，擦过不但要正面看，还要斜下身从侧面看是否光亮才行。郭太太一头应酬着看房的客人，一头还得支使我清扫房内外：不能使任何地方出现灰尘、果皮、纸屑，以及孩子们随穿随脱的衣服、随玩随扔的玩具。别说偷不出空请人来悄悄换下那块碎玻璃，就连偷空让自己不惶恐不紧张，好好想个对策的时间都没有。刚愣着一刹那，郭太太就说：“你干什么老去看天花板？它又不漏……”

我赶紧将她堵在厨房外，岔开她的视线和思路，免得她真发现它漏了。

“发现又怎样？”严平在电话里鼓动地说，“谁叫她没完没了让你擦地？谁叫她两个儿子那么淘气！谁叫郭先生多事……”

自从有回看房子的客人脚上粘了块口香糖，郭太太就吩咐我一天数回地擦地，直到郭先生某天发问：“这样跪着擦地是什么意思呢？”似乎他乍然悟到在他这份颇现代化的家业中，竟存在着如此原始的劳动方式。他亲自从车房找来拖把给我，并关照说老跪在地上会把膝盖跪大，一双蛮好的腿就不再好看了。第二天早晨就听郭太太在卧室大声以英语打趣先生：“你很会体贴人啊。”

郭先生也用英语回她：“让人这样干活，你是谁也雇不来的。”

我的英语还不像他们想象的那么坏，我迅速拉扯着两个男孩离开那卧室门，生怕自己一不小心又偷听到什么。

两个男孩前后跟着我要口香糖，我把糖盒藏起来了。上午有好几批客人约好来看房，他们这时要口香糖是休想。两人被我得罪了，便开始捣乱，大男孩带领小男孩往我的拖把上踩。我一早刚给他们换上雪白的棉袜，等着在客人面前露体面，很快就弄得又脏又湿。我不断躲着他们，他们反而从中取乐，越发疯得厉害。当大男孩并拢脚，准备往拖把上跳跃时，我猛然将它抽起，只听天花板一响。

我抬眼一瞅，眼泪顿时涌上来。这种玻璃是很贵的，而且若配不上相同的花纹或厚薄程度，整个厨房的天花板都得换。这样的话，我一个月工资大概都不够用来赔偿。并且，在我的工资不够抵销赔偿费用期间，无论过得怎样不顺心，我都不能离开这里。这块玻璃成了我暂时的卖身契。这事我得尽快告诉郭太太，因为很快会有参观房子的客人，若让他们发现去告诉她，我罪过反倒更大。我轻手轻脚地从车房搬了梯子，不料郭太太恰从卧房出来，“你要干什么？”她有点吃惊地问。

“我……我想擦擦橱子的顶上面一层。”鬼知道，自己怎么这样混账地撒起谎来。我明明知道谎言只要一开头，以后的日子就难过了。这时若不承认事实，只好等事实自己暴露，等事实将我置于无可扭转的被动、尴尬局面。想都不敢想郭太太将会恼成什么样。

架上梯子，我爬上去用手探探，看它们是否有可能落下来打破谁的脑壳。

郭太太在客厅问：“要不要我帮你扶梯子？”说着便朝厨房走来。

“不用！好啦！”我将梯子合拢。当我收拾郭先生餐毕的碗碟时，郭太太进了厨房。我一时紧张害怕得神志也不甚清楚了，我等着她惊叫、发问、开罪。一会儿，她走出来对我说：“你光着脚试试看，看你今天把地擦得多干净！”她一副心花怒放的样子。

大概被赎罪心理支使，我不仅死命擦地，各处都让我收拾得光鉴照人。她居然没发现破的地方！

这天来看房的客人也没表示任何异议。据说美国人看房偏重厨房、厕所，中国人偏重客厅、卧房。客人们恰巧是中国人，仅是自我敷衍地往厨房掠一眼。

（Ⅲ）

我捏着两手冷汗听着最后一批客人热热闹闹地告辞了，这一天我总算蒙混过关。但事情是不可能蒙混到底的：看房的人不是来看这房子哪里好，而是设法看出它哪里不好。尽管他们嘴上与郭太太亲热，眼睛却一刻不停地上下左右地转，毫不掩饰那苛刻和挑剔。要想让天花板上那么大个破绽逃过他们的眼睛，简直是做梦。

第二天郭先生又看见我趴在地上擦地板，并且比以往擦得更卖力，他不懂了。

“不必这样嘛！你这个样子，我们不忍心的。”他说。

我赶紧站起来，因为我知道他晚上回家头一件事是抿上一小杯白兰地，而等他洗澡后，我必须将四碟菜一个汤端上桌。我工作得如此用心尽力，郭太太满意却有点困惑，尤其当她看见我到处跑着追逐小男孩喂饭。有时他钻到桌下躲避我固执地伸到他嘴边的勺子，我便也跟着他钻到桌下。

“没有一个阿姨像你这样耐心对待开文（小男孩的名字），”郭太太说，“你这样喂他，开文真的会长高长胖。对不对，开文？邻居哥哥们不会叫我们小猴子啦！”

我在桌下以勺子撬开开文的嘴时，看见郭太太架着二郎腿的脚丫满意地一晃一晃。她极考究吃，每天四道菜不能在颜色、风味上重复；一个星期内，决不肯吃两次“荔炒鱿鱼”，尽管它是我烧得顶像样的一个菜。

“开文，出来！”郭先生的脚开始躁动了，似乎要发现开文的所在，

“再不出来，你就不要吃饭了！”他的脚寻到了开文，开始将他往外拨，“这样喂他，人不要累死吗？”

“小孩子就这样啊，”郭太太的脚丫不动了，“你没看见吗？这样喂他，才几天开文已经胖些了！”

我赶忙表示只要开文能给我喂胖，我不在乎辛苦。我已钻桌子钻得腰酸背疼，竭力忍住心里的委屈，以乐呵呵的声音逗开文张嘴、咀嚼、咽下。

我一刻不停地让自己忙碌，常常干些不属我分内的事，比如去洗那辆车、扫院子、擦门窗玻璃。当我每天把自己累散了骨头，躺在床上便想：如此不顾死活地干满一个月，悄悄留下一个月的工钱和一封信，让信去说明和道歉。

“你这样做，”郭先生有天半开玩笑地对我说，“我们不得不给你加工钱啦！”

这时我跪在门厅，给几件红木家具打蜡。我已很习惯赤脚、蓬头垢面、邋里邋遢的穿着，以及双膝着地地干这干那。

“其实，你有空自己可以看看功课嘛，真不好意思让你这样为我们……”

他还想说什么，我不答。他只好讪讪地进他书房做账去了。郭先生挣钱是认真辛勤的，夜里他的电子计算器键盘被按得“哔哔剥剥”通宵响。某日他会从那上面擦出我的工资数目与天花板装修费用，从中得出盈亏的结论。

三个星期了，他们的房子仍没有卖出去。每当买主走进厨房，我的心跳就节奏大乱。天花板上那么触目惊心的破绽居然没被任何人察觉。

反而有一次，一个老美买主突然又跑回来，再次审视厨房。我想这回我怎么也混不过去了，他一旦发现那破了相的天花板，就会杀回客厅找郭太太砍价。

我提着气，心里直祷告，他那绿猫眼可千万别往头顶看。同时又希望着：他干脆看个明白，看出真相，去告诉郭太太，让她撕破脸皮地跟我清算一场——从闯祸到谎言。这样我便可以结束这如履薄冰的日子，心安理得让她辞掉我。老美却盯着我，压低声问："这厨房里有没有蟑螂？"

星期日，郭太太问我是否可以放弃休息，因为她准备邀些朋友来吃饭。曾经与她协议过：无论如何我每星期有一天半休息。我说我有些亲友需拜访，实际上我总是步行到公共图书馆读一天半的书。英文这样拾拾扔扔，不至于到开学时间又变白痴。我爽快地答应，使郭太太有一点意外。

"真没想到你这样肯帮忙！用过不止十个保姆，你最勤快、最肯做。人真是不可貌相，头次见你，我想，这么样个女孩，以后究竟谁服侍谁呢？"她开朗地大笑，对我不仅真诚，甚至有些奉承起来，"没想到你为人这么厚道！"

我被弄得更不安。终有一天你会说：没想到她干了那么大的坏事还敢一直欺瞒着。

我阅了郭太太的菜谱，准备大干一场。当我做松鼠黄鱼时，郭太太说油放太多是不文明的烹饪。我立刻倾出大半的油。但那只烧洋菜的锅中间高四周低，油一少全淌到凹处，鱼便紧紧粘在干燥无油的锅当中。我急起来，一边护着在膝下绕的开文，使劲一颠锅，油喷泉般溅起来。

我脑子一嗡，并不觉得十分痛。

郭太太郭先生一起跑进厨房问我怎么了，他们听见我很低却很惨地叫了一声。这时他们见我捂住脸蹲在地上，都伸手来扳我的头。等终于看见我的脸，我也听见了他们的惨叫。

“你眼睛怎么样？”郭先生的声音。

郭太太用餐巾纸拭去我脸上的油，我并没有失明。这时郭先生已准备好冰袋，一下子捂住了我的脸。我求他们不要叫救护车，因为我没买医疗保险。郭太太急了，带哭腔劝我想开点，自己花钱也得保住脸蛋，哪儿还有比女人脸蛋更值钱的东西呢。

我在冰袋下面说我真的没钱。

郭先生说：“你可以从我这里预支你的工资嘛！”

我说不。脸痛得我直想就地打滚。假如我不打碎那块玻璃，我不会答应干这么个额外的星期日；若我不打碎那块玻璃，我不会听郭太太的，以近乎不可能的方法来烧松鼠黄鱼。还有，若不为那块玻璃赎过，也许我已中途辞工了：因为我从来想象不到，在这样舒适的房子里我会如此不愉快。

幸亏客人中有一位懂医。他开车去药房买了种激素药膏，说敷上可避免脸上落疤痕。“这么热的天，若想不落一点疤，大概不可能。”他又补充道。

我硬撑着不去照镜子，我怕吓着自己。伤痛得我一夜没睡，一清早电话铃响了。那边刚刚“哈罗”，我已知道是谁。我迟疑着要不要把电话挂掉，但我的本能先于知觉，已将声音送了出去。

“你好吗？”

“你不给我地址、电话，我还是找到你了。”他声音很低。

“你好不好？”

“你出事了。”他说，仍不带问号。

我否认。他一口咬定发生了什么事，或许我的声音泄露了我的伤痛。我结结巴巴地讲了我脸上的烫伤。他果断地说：“我马上去看你！”

“不，请不要来！”我不愿他看见我的丑陋、可怜，“你开车到加州要三四天，那么辛苦的一路……”

他一声不吭。

“我的伤没那么严重，真的！”

他说：“好吧，回见！”

看来刚才的电话铃吵醒了郭太太。她以没有完全走出梦乡的蹒跚步履走到我面前，问我是否感觉好些。看到她神情中那么多的歉意，我如同看到镜子般明白自己的脸糟到了什么程度。

一会儿，她将一沓钞票给我，说今天恰巧我保姆工作做足一个月。她要我数，我数时发现多了一百，她说那是她与郭先生对我的歉意和安慰。我说什么也不肯拿，几经推让，她屈服了。然后她叹息着说这房子到现在还没卖出去，或许是因为厕所太小，厨房太老式。

“恐怕，天花板上碎了的玻璃也让它更难看了点。”

我大惊失色，难道她早发现了我的劣迹？！

她依旧以叙家常的音调说：“要是我们早点换了它就好喽！”

我却已听出了指责。太突然，我的抱歉还完全没准备好。

“四年前，我们搬进来时就想换它，但一直配不到同花纹的玻璃。”

郭太太说。

“四年前？”我问，“四年前它就碎了？！”

“是啊。因为它碎了，我们买它时讨价还价，把原价杀下来不少呢！”

我借故离开了客厅，木呆呆的我站在草地上，让泪水在我创伤的脸上流着。

我决定辞工。我知道这种事谁都没错，却感到不可名状的伤害。

当晚我收拾衣物书本，打算第二天一早让严平来接我。有人按门铃，等我从最靠里的卧室奔出来，见郭太太正和一个人在门厅里讲话。我一眼看见了他的栗色头发。

我随他离开时并不介意郭先生郭太太的异样神色。

他开车后便骂咧咧地说中国人都这样，雇佣人就成了奴役人。“怎么这样没礼貌？当着我的面夫妻俩用中国话大声争执，话音听上去太不友善了……天晓得，这些中国人！”

他每发一句牢骚，我便吃惊地看他一眼。他的栗色头发乱了，他的灰眼睛布着血丝，他为了我踏上这条长途。可又能怎么样？他用“那个”腔调来讲“中国人”。

他车停在一幢房子门前。

“我不能进去。”我说，“我以为你会把我送到我朋友那儿。”

他瞪着我，不明白我怎么了。他说：“你会有个很舒服的房间。”他下了车，又为我打开车门。

“我不会进去的。”我说。

“哦，你会的。”

“在认识你之前，我是个好女孩子。”

“停止这么和我说话！”

“请把我送到我朋友那儿去，求求你。”

“我累得连开一码远都不可能了。”

“我不会进你们美国人的房子的，送我回我的中国朋友那儿去，行吗？”

“我听不懂你的话，对不起。”

现在轮到他装听不懂了。到他父母家来，我本是同意，也颇欣然的。然而那点信赖却不在了。

“我要走，听得懂吗？我并没有答应你来看我，也没有答应……”

他微笑道：“对呀，这房子里有游泳池，有草地，有果树，还有我。”

“我和你什么基础也没有，我是个中国人。”

“这就对了。让我们先喝点什么，然后在院子里坐一会儿，我母亲会很高兴认识你……”他笑得依然平和。

我也不得不笑了，但这不意味那信赖又回来了。第二天一早，我蹑手蹑脚提起自己的行李，在一张桌上留了字条，便走出了那幢美国人的华厦。

我想着他美好的栗色头发，心里是满满的感激和怨恨。

一年后我在离学校五分钟路程的地方找到了住处，是个免费吃住的差事，学生们顶向往的那种。娄贝尔夫人因此耐着性子挑选，筛掉上百人最后选了我。

要是她不丢失她的蓝宝石，我在这里生活得倒还算愉快。我当的差就是清早帮老太太擦个澡。自从她母亲死在浴室，她不再敢独自淋浴，而是每天清晨躺在长榻的塑料床单上，让个像我这种半使女半护士的角色仔细地把她擦洗一遍，再替她从头到脚喷上香水。

当她躺在那儿，闭着眼享受我给予她的擦洗兼按摩时她告诉我，她上午要去首饰铺子配只蓝宝石耳环。她有成套的蓝宝石项链和耳环，其中一只耳环不知什么时候弄丢了。她这个“不知什么时候”让我的手顿时静止在那里。

人常常有不做贼也心虚的时候，比如我此时。我真想让老太太睁开眼，把话讲讲清楚，那宝贝究竟何时丢的，我来之前还是之后。

（Ⅳ）

替老太太穿上衣裳，整整一上午我在课堂上神思恍惚。自搬进娄贝尔夫人家这三个月所有的记忆片断，此刻都串连了起来，生出了新的意思。

大约一个月前，她准备去参加一个晚会，兴冲冲地叫我看她试裁缝刚送来的新晚装。晚装十分漂亮，米色的底子上有极细的白格子，在臀部偏下的部位缀了只米色缎子的蝴蝶结。她让我猜它的价钱，我敷衍地说出个数字。她笑了，说比我猜的起码贵三倍。然后又让我猜她手上的一只巨大戒指，我使劲往大里说：“一万！”她又笑了，说那是个假的，但她有过一只真的，她死去的律师丈夫送她的，被人夜里撬开门盗走了。这是那只真货的仿制品，什么都一模一样，只是不真而已。

还有一次，她忽然问我：“你们中国姑娘都不打耳洞吗？”

我答道，我外婆的年代有过，现在又开始有了。但中间有一段空白：女人不仅不打耳洞，也没有脂粉、发式，甚至裙子和辫子。

她无限同情地“哦”了一声。

现在我悟到：她也许早就在对我察言观色。我在图书馆里找到李豪，他在这里又吃又住已近一周，因为和孙燕吵架。考试前图书馆夜不闭户，李豪这类人就拿它做免费宿处。他们结婚，我送了一套玻璃茶具和一副对子，本想寻开心写上“同是天涯沦落人，相逢何必曾相识”，自己看着都要掉泪。改为：“宁同万死碎其翼，不忍云间两分张”，又嫌蕴意太露，主题太直接。于是想起“休对故人思故国，且将新火试新茶”，不仅于一对新人切题，于我们一群远离故乡的穷孩子都切题。他们却从结婚第二天就吵架。

我把老太太前前后后的话都告诉李豪，让他给个主意。他在美国混得最久，成了大陆留学生中相当于帮头的人物，好心眼坏心眼他都有的是。

“我没听出什么不对劲来啊！”他说，一副马瘦毛长的样子，仍热衷给我当军师，“我告诉你，美国人都是一根筋，从不玩含沙射影那套。老太太要怀疑你，她头天就拿你开问，或立刻撵你走人，才没这个耐心花三个月慢慢琢磨你！这就是跟美国人相处痛快的地方。”这时他看看表，说他该上班了，若我想听更多的开导，就跟他去。

我见他老远走过来，背后的瘫子差不多高他一倍。那是个篮球运动员，一跤摔瘫的。

“这电线杆子涨了我工资，一小时十块了！”李豪大声对我说。瘫子把全身重量都压在他身上，本来就矮的他给压成了一疙瘩。

“在大太阳下不停地走，一小时你不累死？！”我嚷道。

“谁给他不停地走？一会儿我就找个地方把他撂下，然后看报去！”

瘫子抱怨他和我用汉语谈话，存心不想让他懂。

李豪对他微笑着以英语讲道：“她说你看上去好帅，我告诉她你是个有名的球星！”

瘫子立刻对我掀掀草帽。

不一会儿工夫，李豪果然把他撂下了，跑来跟我接着聊。他说他有个帮教授订书稿的工作，抽不出空来关照瘫子，问我愿不愿接着干。我眼顿时瞪起来：让那个身高两米多的瘫子拄着我走路？！

“这有什么！”李豪说，“过去我有个工作更邪，是陪个小白痴，不管他跟你讲什么屎故事，你都得听，然后鼓掌。”

不知过了多久，瘫子大叫起来。李豪赶忙跑回去，刚到跟前就被一掌掴了个踉跄。我吓坏了，李豪却回头嬉皮笑脸对我喊：“他说我拿了工钱去和姑娘调情！还说我把姑娘带到他面前，是存心让他嫉妒。你看美国人哪会含沙射影，他们什么都直说。”

我回去，娄贝尔夫人刚要到俱乐部去打牌吃晚餐。她拿了件丝绸麻衫让我熨，同时嘱我晚上浇浇各个房间的花。我的活儿已不知不觉多起来，我真想提醒她，我从她这儿是不挣一分钱的。

当熨斗经过麻衫腋部时，一股体臭蒸腾而上，我一阵反胃。

她和颜悦色地催促我快些，然后说：“你打了两个长途电话，一个是六角，一个是一元二角。”

我说我会马上付钱的。

她又说："冰箱里的果汁怎么就剩那么点了？"

我告诉她昨天帮她漆房子的两位工人热极了，渴极了，向我讨饮料，我于心不忍，便给了他们果汁。

"可是，我一个礼拜只给你买一次食品，你必须计划它们。如果你不够，我也不会给你多买一次的。"她依然和颜悦色地说，"至于那些工人，你可以请他们喝水，水龙头里的水足够啊！"

我说："他们很辛苦，因为你对颜色不满意，他们全部重漆了一遍！"

"他们从我这里赚钱，我恐怕不该再提供他们饮料了吧？"

"我请求他们帮我练习英语口语，我应该给他们饮料的。我可以不喝，不行吗？！"我口气已激烈起来。

"可是我付的是他们为我漆房子的钱，并没有付你练口语的钱。清楚了吗？"

我瞪着她。

她耐心地接着讲解："就是说，他们拿了我的钱，在这段时间里，应该全心全意、集中精力为我工作，而你占用了我付了钱的时间，使他们为你工作，这显然是不对的。"

我口吃道："我一直在帮着他们油漆啊，也并没有要求你付我工钱……"

"怪不得我昨天觉得漆得质量很差，现在我才明白原因！"

她脸沉下来，告诫我不可再犯这样的错误。然后拿着我熨好的衬衫，迈着典雅的步子，一路轻轻放着小屁，回她房间去了。我一动也动不得，说不上气和委屈，却生出一种严重的挫败感。我使劲克服着挫败感，她连声喊我我都没意识到。

她喊我不为别的，只想从我这儿得几句恭维。比如她说她自己太瘦，你马上说一点也不，正好，是苗条。她若说我：中国姑娘真小巧，那她是需要我的反驳：您更小巧。

她香气袭人地将背朝向我，我替她拉上拉链。她的衣服很少洗，但穿之前必须仔细熨过。这时她问：“听说你们中国人，只有公共澡堂，很少洗澡的。”

我很难再维持平静，脱口道：“我们不用天天洗，因为我们身上不臭。”

她倒没有任何被激怒的反应。

我又说：“欧洲人洗澡的习惯是从东方学的，欧洲人洗澡的历史才一百多年。”

她说：“没想到你还挺有历史知识，不过现在中国人的每日生活的确不包括洗澡，你不承认这事实吗？”

我还有什么可说的。这时她从书架上拿出一只装潢得像本大百科全书的匣子，打开，我发现那是个首饰盒。她开着玩笑对我说：“现在你知道这个价值连城的秘密啦。”等她神采飞扬驾车离去后，我发现我大起大落的情绪压根就没使她分心。没什么值得她为我分心的。我像正经历一次国际外交辩论一样兴奋、好斗、竭尽机智、暗计得失，她呢，全然不在乎。

从俱乐部回来她就高兴地通知我，她请了六位客人来开晚会，吃中国餐。我用了一天时间，摆了一大桌中国式冷餐，客人们尽兴离去后，她感激涕零地对我说，他们是她丈夫生前的好友，丈夫过世后，是我帮她恢复了与他们的交往。从这个晚会后，她恢复以往的正常社交。她搂着我说：“你知道你有多么重要吗？”

我动心地说：“我很高兴能帮助你……”

“哪里是帮助，你改变了我！”

我有点窘，心里埋怨自己对老太太的挑剔与刻薄，紧接着，她说：“上次我俩一块去看那个画展，门票是十元，你记得我当时是请你客还是说好各自付钱？”

还在情感世界流连忘返，找不着归路的我一时尴尬住了，似乎我做任何反应都太生硬。我似乎不愿承认我听懂了她的话，这样我不至于让兴冲冲忙了一整天的自己太失望和扫兴。然而她有些担心地追问我，是否听懂了她的意思。

我说我会立刻付她五元钱，她这才放心回卧室去。

第二天早晨，我替她擦澡时，把那五元钱放在她床头柜上，并明白地告诉了她。她扭头将它核实一下，又继续闭上眼，回到她素有的安详和耽于享受的表情中。我擦洗着这位七十六岁的富有老妇人，仔细得如同擦拭一具被雕刻得过分精细的摆设。不要投入任何感情，只把它当一件工作，你就会干得愉快得多。你以为这种肌肤厮磨的相处会促出一种情感的滋生，那你就错了。

我努力说服、诱导着自己。

她睁开眼，说我刚来此地时脸看上去很滑稽，现在好多了。那是因为我在郭家被烫伤的瘢痕未褪干净。至今，眉心的一块疤仍不肯脱落。她突然说这块疤长得很是地方，不偏不倚，完全可以镶块宝石进去。

“你长得很安静，镶块蓝宝石进去一定合适极了。”

她在香水的雾后悄然笑了。

我决定一旦发现合适住处就离开这里，我受不了她的蓝宝石。下午从学校回来，李豪已等在门口。见他又开起那辆被我喻作“会移动的垃圾桶”的车，我问他花八百块新买的车哪儿去了。

“爆炸了。”他的神情仿佛吹炸了个泡泡糖一样无所谓，“在高速公路上开得好好的，引擎突然爆炸了，一路汽车都被我堵下来，我他妈的出了好一阵风头！”

本来已经和他和解的孙燕这下又和他崩了，哭了一夜，说他让她丢尽了脸，还说他花那么多钱买了部车只听一声响。还控诉他到处帮别人忙，忙得日理万机，自己的日子却过得一塌糊涂。

“我差点忘了，”李豪说，“这是给你买的。”他拿出一件花里胡哨的T恤，“一块钱一件，我觉得合算，就给每个朋友买了一件。不是每个人都能碰上这么好的机会买便宜货的。为这事孙燕也跟我哭，说我闲事管得太多。中国人就是各顾各！现在在海外的中国人有钱的有的是，有地位的也有，有没有势力呢？没有。能不能影响美国的政治呢，我看办不到。如果每个人都像我这样，碰到一个好机会就想到大家，那每个人的好机会就多了几十倍，对不对？”

他激动地向我张开两只手。

我笑道：“你来是不是叫我到孙燕那儿给你求情？”

他想了一会儿：“我是叫你评评理。我怎么错了？我很痛苦你知道吗？在这个国家，一个人孤独，两个人又打架。我看真叫贫贱夫妻百事哀！

一天到晚是眼泪！上星期为什么孙燕和我闹得死去活来，就因为我衬衫口袋里放了支圆珠笔，扔进洗衣机一洗，白衣服被划出无数道道，这有什么了不起？！我穿它不嫌丢人，她有什么人可丢？！”

等他钻进车门时又对我喊：“某某食品店的鸡肉才二角九一磅……”

傍晚在门外小径上走，发现草丛里有个东西一闪。拾起来，见是一枚蓝宝石。我欣喜若狂地给严平打电话，韩寒接的。我说这回老太太不必再以它折磨人了，我也不必敏感，从老太太话里找刺儿往自己心里戳。我从此可以彻底摆脱嫌疑，在这里安生住下去。我恨死了找房，从报上密密麻麻的租房启事中找出合适的，再一家家去看、面谈、讨价还价、搬出搬进。

“慢着慢着，你在哪儿捡的？”韩寒问。

“门外不远，肯定老太太锻炼速走时丢下的！”

“门外就不是她家的地产了。”

“什么意思你？”

“什么意思还不懂？拾金不昧是次要美德，在美国，既然不在她家地产上，谁捡了就归谁。你是碰巧知道她丢失一个蓝宝石，倘若你不知道呢？你还给谁去？”

“我就是知道嘛，知道不还，不真成偷了？”

“那我不知道。我既不知老太太是谁，也不知蓝宝石是什么。你让我来捡，怎么样？你把它扔回去，我现在就来捡，等我拿到珠宝行去卖完了，咱俩对半分钱。”

“这怎么行？她本来就怀疑我……”

“反正她已经怀疑了，你干吗白担一回罪名？再说你帮她干了三个月的免费厨子清洁工熨衣娘，加一块儿，也不止这点工钱吧？从道德到法律，你都说得过去！”

我叫他“滚一边去”。

我从来没这样焦灼和喜悦地期盼娄贝尔夫人回来。

我几乎将她堵在门口，赶紧将那颗蓝宝石捧给她。

她客气地说了声“谢谢”，然后说：“我明天把它带到首饰店去鉴定一下，不过你有把握它的确在门外草地上？”

霎时间，我又回到对这种语言最初的浑沌状态。我不懂它，也觉得幸而不懂它。它是一种永远使我感到遥远而陌生的语言。

我在找到蓝宝石的当晚就开始搜寻租房启事。报纸上各种各样的启事，有寻物和寻人的。忽然有块空白，只有几行字：“假如发现这个启事，请给我回个电话。”我视觉中一下出现已淡去的“栗色头发”。他在找我！执着而不抱希望地找我！

我翻出这一个月的陈报，在每个相同的位置上都找见了这个空白，都有这几行淡泊的苦苦寻找。

我置身于铺天盖地的旧报中，感到他的呼喊包围着我。这呼喊回声四起，淹没着我。

回应吗？我愁苦着。我正无家可归。回应他将是一种归宿。不，也许，某一天，我会回应，那将是我真正听懂这呼喊的语言的一天。

热 带 的 雨

/

那两千尼拉藏得很好，藏在他的绷带里，因此她很放心。她一直没顾得上问问丹纽，那个畸形的脐带是怎么回事。

雨季的乌赛市场真乱，这是婷婷·海德的印象。雨都在夜晚下，夹雷带电，从天到地直灌下来，天明前却戛然收住，拿得起放得下，不像纽约的雨，绵绵的能纠缠你好些天。婷婷·海德是中国女人，有名字为证；嫁了个美国人，有姓氏为证。两周前婷婷的丈夫从纽约来到阿布贾，在尼日利亚政府的传染病控制中心做高级顾问。人们很勤奋地练习婷婷的中国名字，不久都婷婷长婷婷短了。

“婷婷，尼日利亚的骗子很多，谁也别轻信。”

“婷婷，佣人都是扒手，眼尖一点。”

……

告诫很多，其中一条是：“婷婷，千万别单独去乌赛市场，肯定会迷路。”

在那些壮硕、高大的美国妻子眼里，婷婷·海德可以被一把捏起来。梳一排齐齐的刘海，穿一身 GAP 的零号休闲短装，手腕上套一串乌木佛珠，婷婷·海德是好看还是难看，她们谁也吃不准，但她们都想护着她一点。

驻外官员的妻子里越来越多地出现东方种族，原因可能是东方女人不闹独立，常以丈夫孩子为职。对于这一点，白种妻子们也吃不准是美德还是弱点。她们在婷婷和丈夫到达的第二天就带她来过乌赛市场，那天恰好是妻子们的集体购物日。这是个保障安全的创意：每周四、周六，公家派车载着几十个太太逛市场。

婷婷一走进市场入口就站住不动了，迷途的恐怖使她生出一种奇特的兴奋。充满黑色人体的视野逼近过来，穿夹脚拖鞋的黑色赤脚在一洼洼雨水上跳过，水洼上落着大蚊虫、花瓣儿、树叶和蓝天。多么莫测。

假如其他的妻子知道婷婷·海德找的是这种莫测的感觉，一定会反过来求她保护了，她们谁也不喜欢莫测。这时婷婷往左边看去。

男孩还在那里，小圆脑瓜像从一顶帐篷里伸出来似的支在巨大T恤的领口，还是上次那件白黄相间的T恤，“XL”号的。他站在和婷婷扯皮的一大群男孩后面，一心一意挖着鼻孔。男孩们都在十一二岁上下，挖鼻孔的这位大概七岁，她问过他的名字：丹纽。上次也是她一个人来逛市场的，想找一种精纺麻布，做窗帘用。这次她也被这群男孩围住，男孩的领头叫保罗（后来发现那是谎言，因为商贩们叫他Sunday——礼拜天），主管替男孩们揽活儿的，“活儿”包括向导、挑夫、语言翻译。

保罗一听婷婷想买的麻布是中国制造，质地极薄极细的一种，马上说他知道哪里有卖。说好向导费两百尼拉，保罗亲自出马，带了一个十岁左右的手下。两百尼拉在保罗和他之间被不均匀瓜分。

市场方圆几英里，各种货档、摊位挂着红红绿绿的遮雨布，假如从直升机上看下来一定是一幅无序的补缀式拼图。由于雨季货档都是拆拆搭搭，此出彼没，没有固定摊位的人则把一个商店都顶在头上（肉铺掌柜顶着半扇剥了皮的牲口；百货店老板顶着牙刷、牙膏、香烟、打火机）。有路的地方走不通，没路的地方被走出路来，天下大乱。

走了一条巷子，保罗回头，恶吼一声。他的语言婷婷不懂，懂的就是那恶吼让小男孩有些害怕。婷婷见那个七岁的小男孩追在后面，保罗停下来，一步蹿过地上的雨水洼荡，踢了男孩一脚。小男孩没动，表情也不变。就像挨踢的不是他。婷婷赶过去，把小男孩护在身后，对保罗说："你怎么能踢你弟弟？"

"他不是我弟弟。"

"那更不能踢了！"

婷婷低下身，软声软气的英语几乎吹在小男孩紫沙色的腮帮上。婷婷·海德一共三种表情，一种是中性偏愉悦，这是她独自一人或者跟绝大部分人相处时披挂的，另外两种是用来对待丈夫和幼小儿童的。她自己没有养育幼小儿童，对世界上所有幼小儿童有一种夸张的母性。她不知道自己在小男孩眼里眉飞色舞，撅嘴皱鼻，一张黄黄的亚洲脸在一大排黑黑的刘海下有多古里古怪。小男孩判断半天，大致判断出这张脸上的善意。她问他叫什么名字，几岁，和谁来到这里。小男孩只回答了一个词："丹纽。"

所以婷婷知道他叫丹纽。走了七八条巷子，丹纽还是远远地尾随，两只巨大的拖鞋鸭掌似的。保罗一再回头向丹纽吼叫，制止他跟随，他扇着两只鸭掌一步也不落下。穿过卖鱼的摊位，丹纽的巨大拖鞋上沾了亮晶晶的鱼鳞。卖鱼的摊位一字排开，臭了三条巷子。婷婷最怕从这里走，这天她却来回走了三次。她发现保罗和他的手下不断停下来，先东张西望再交头接耳。她反正也没事可做，踏踏实实等他们密谋出结果，看看他们要领她去哪儿。

第四次从鱼贩子面前走过时，婷婷耐不住了，问保罗到底认不认得卖麻布的货档。夜里暴雨带来的凉爽已经让太阳驱尽，苍蝇一来是一片乌云，鱼贩子手一闲面前白生生一条鱼就成黑的了。保罗说因为雨季，货档都搬了家，得给他们点时间慢慢找。再往前走，出现了乞丐，一个眼球拖在眼皮外的乞丐从婷婷手上挣了五百尼拉。婷婷站住，汗水挂在眼睫毛上。

“不去了。”她说。

“前面就到了！”保罗叫道。他脸上刹那出现一种凶狠。他的凶狠差点让婷婷认为他是个披着男孩伪装的成年男人，他干得出成年男人干的所有事情。

“我可以照样付你两百尼拉。”婷婷说。

这样一来保罗给了他一个非州特有的热烈笑容。保罗下了班似的轻松，跟婷婷唠起家常来。他说他是个好学生，但家里出不起学费就辍学了。假如他就此打住，婷婷是不会发现破绽的，他却偏偏要做中国人叫作“言多必失”的蠢事。他说，有一天夜里，来了个贼，把屋顶掏了个洞，偷走了他的学费。婷婷把她对当地人住房的知识调动起来，认为屋顶掏洞是最不方便的一种行窃途径。

往回走自然而然就把尾随的丹纽变成了领队。丹纽对他身后的交谈毫无兴趣，埋头向前走，又路过鱼摊子的时候，他身后跟的人都没注意鱼的种类。这一溜鱼摊子上的鱼全是非州鲤鱼，非常大，非常新鲜。也就是说，除了丹纽，谁也没注意这是另一列鱼摊子，刚刚他们并没有走过。等婷婷明白保罗是在进行募捐演讲时，丹纽已神不知鬼不觉地把这队人马的方向扭转了，在迷津般的大市场里走出通途来。“只要五千尼拉，我就可以继续上学了。”保罗说。

“让我考虑考虑。”婷婷说。她才不考虑呢。

“假如你没带那么多钱，三千也行。”

婷婷心里好笑：学校也和这个大市场似的，一还价近一半钱去掉了，她说她得考虑，一千尼拉也得考虑。和中国人周旋？婷婷身上积累了五千年的智慧。

保罗的手下突然叫起来：“找到了！”

一看，他们站在一家暗幽幽的货档门口，货档的三面墙就是布匹，正是婷婷需要的那种中国制造的精纺麻布。丹纽退到一边，东张西望，一面挖鼻孔。买了布，保罗和手下一人拎一捆，还剩下三捆，说是等放下前面两捆再来拎。走出去不远，听见身后咣当咣当地响：丹纽把三捆麻布装在一只铁皮独轮车里推过来了。婷婷怕他推不动，上去搭把手，他却坚决地让开了。他可不愿即将到手的工钱打折扣。把车推到出口，丹纽热了，把帐篷一样大的T恤撩到头顶上，上面挡太阳下面透凉风。婷婷看见一条可怕的肉色器官在他腹上垂荡。再一看，那是一节半尺长的脐带。怎么会这样处理脐带呢？还是他天生脐带畸形？不管怎样，丹纽都是一个缺乏照料的孩子。他耳朵里塞的一团棉花意味着什么？中耳炎？……婷婷走过去，摸了摸小男孩微微酸臭的头。

“喏。”她把一张两百尼拉的钞票塞在丹纽手里，“耳朵疼吗？”她蹲下来。

“夫人，我们的钱呢？”

保罗的手伸过来了，浅色手掌上的手纹是暗色的，婷婷对这种色泽差距极大的手十分恐惧，是那种混淆着兴奋的恐惧。

“不是给过你们钱了吗？”

“那两百尼拉是向导费，搬运费呢？”

“你们的向导是失败的，所以不该挣向导费。”她把她的中性表情拿出来，对着保罗等人。

“谁说我们向导失败了？我的路线只不过不同，我也可以领你到那个卖布的地方！”

婷婷不理他了。她更加满脸怜爱表情地看着丹纽，问他是否得了中耳炎。于是她在保罗和他一群手下的眼里挤眉弄眼，矫揉造作。他们的母亲从来不拿他们的伤痛当回事，所以他们自己也不当回事。婷婷对丹纽又是摸头又是抚腮，替丹纽把那张两百尼拉的钞票装进他裤兜里。

来接婷婷的车从坡上爬下来，司机替婷婷开了车门，让她坐进去，又把几捆布放进后备厢。车在一群黑黑的眼睛前面开动了，颠得很高又落得很低，一蓬接一蓬的浑浊浪花在轮下绽开。车子一拐，出了黑眼睛们的视野。

保罗朝丹纽伸出手，丹纽往后撤一步，他想跑的意图让男孩们识破，立刻围攻上来。丹纽蜷成一只球，那张两百尼拉的钞票在他的拳心里，拳头埋在裤兜里。丹纽最终还是吃不消了，太多的手上来撕扯。他让他们夺走了那张钞票。

丹纽站在男孩群落后面，看着婷婷。婷婷一下车就在找他，他明白。

婷婷谢绝了保罗和他的伙伴，穿过他们走到丹纽面前。他身上全是伤，青一块紫一块，还是几天前的T恤，只是血迹斑斑。婷婷那种要命的慈爱表情又出来了，问丹纽谁把他打成这样。丹纽眼睛不抬，一语不发。他比怕保罗还要怕这个东方女人的慈爱表情。

婷婷问不出一个字，便转过头去问保罗。

“他摔跤摔伤了。”保罗说。

婷婷不想徒劳下去。她说她需要找一个好裁缝，能执行她的设计，因为她的设计不同寻常，是中国传统服装。

保罗和同伴们实在舍不得放弃这笔生意，但他们不认识任何裁缝会做非洲服装之外的服装。

丹纽闷着头，也不言语。婷婷用眼睛余光看着他。过了三四分钟，她发现丹纽溜进了市场。她和保罗热烈交谈，用他最感兴趣的话题掩护丹纽转移。她说她已经打听清楚了，这里的学校还是开办的，并且只是象征性地收一点儿学费。保罗的谎言破产，却一点也不羞恼。说学费不高固然属实，但他一上学，每天在市场挣的钱便损失掉了。算下来一个月六七千尼拉，而他只请求她捐助三千尼拉，很客气了。婷婷看着他的脸，非常无耻非常认真。

婷婷果然在不远处碰见丹纽。他蹲在一个银匠铺子后面，看上去在欣赏银子熔化的过程。他见婷婷跟上来便立起身，飞快地在头上顶着血淋淋的半扇羊、一锅煮玉米、一座芭蕉塔的人缝里穿行。十分钟后婷婷发现自己置身于一条巷子，两面全是大遮阳伞，伞下面有一排排缝纫机和正在操作的裁缝。大约有一百多位裁缝。

丹纽把婷婷指给一个猴瘦的中年裁缝，便站到一边去了。婷婷拿出布料，拿出自己的一件旗袍，两人在一百多架缝纫机同时发出的噪音中，以百分之十的听力和百分之五的音量把价钱谈定。离开那群裁缝，婷婷向丹纽伸过手去。丹纽一看她那要命的关怀表情和手势又要来了，调转身便走。

“他们打了你，是吧？”婷婷追着他问。

丹纽只是往前走。一辆摩托车开过来，把水洼里积的雨水溅到他的巨大T恤上和脸上。这时婷婷觉得背上有异感，回过头，见两个男孩从一个货档后面冒出来，就在她要辨识他们的时候又缩了回去。是保罗派来的孩子。婷婷愤怒了，她不信她不能主持孩子间的公道。

她把丹纽喝住，丹纽是一副不敢得罪主子的驯顺。她说即便他不肯告诉她，她也知道保罗一帮是这个码头的霸主，欺负任何一个不进贡他的单干户、外来户，也不允许任何人的能力超过他。丹纽不吱声，和乌木雕刻唯一的区别是他频频眨动的眼。他不吱声是不懂她在说什么，他一心想的就是这个东方女人什么时候付他工钱，会付多少。

婷婷挑衅地把丹纽的肩膀连同上面的泥浆一块搂进怀里，让保罗的喽啰们看看，丹纽有了保护人。

“丹纽，跟我说实话，上次他们是不是抢走了我给你的钱？”

丹纽赶紧点头。假如钱没被抢走，他也会点头。找一个像这东方女人一样大方的主儿真不易，况且他认为自己的确因为她而吃了拳脚：她不把他当个小狗狗又拍又抱的话，他们的火不会那么大。

“今天我给你五百尼拉。拿好钱你赶紧回家。”婷婷半佝下身，歪着头跟他说。

丹纽用力点点头。他绝不会回家，他得在这市场上最大限度地挣钱。他是个挣钱的好手，只要不被保罗一伙打劫，他一天可以挣两千尼拉。他可以把最刁钻古怪的货品找到，并记得住每一个摊主的脸。

婷婷从一个烤肉摊上买了一份葱卷饼烤肉，把它给了丹纽："丹纽，你非常聪明，应该好好上学。"

丹纽拿着锡纸包的卷饼，点点头。

"你愿意上学吗？"婷婷问。

丹纽的两只手掌都能感觉到锡纸里烤肉的滋味，他点点头。

"那这样好不好？我每月给你两千尼拉。"婷婷脑子里迅速一算，两千尼拉是十五块美元，她和丈夫这周末吃馆子少点一个菜全有了，"你立刻去上学。"这一回她连"好不好"都不问。上学还能不好？还用问？她代他决定了。

婷婷回到家就给卷到一系列事务里去了：驻外人员的文化中心成立，常常请当地女性参加文化比较的茶会。还有读书会、保龄球联谊会、聚餐会，忙得她忘了那件还在乌赛市场一位裁缝那里制作的衣服。直到有一天她需要穿那件旗袍，才突然想到她把它拿到裁缝那里做样子了。

第二天一早，婷婷让司机把她送到乌赛市场。没有丹纽，她绝无可能找到那个裁缝部落，再把那位裁缝找出来。男孩子们比以往多三倍，婷婷顿时陷入成百双黑色手背肉色手掌的包围。他们都在为自己拉生意。保罗老熟人似的跟婷婷招呼："你好！"他不必挤在里面：谁拉到生意都有他的份儿。

婷婷看到十步之外站着的丹纽，她对其他男孩们说："走开走开。"

男孩们像根本听不见她似的。她对丹纽说："来呀！"丹纽也听不见她似的。"丹纽！"婷婷终于走到他面前。

"上次你带我去找的裁缝，还记得吗？我忘了取衣服了！"

丹纽眼皮耷拉着，眼珠却不闲着，飞快地瞅婷婷的左脚，又瞅瞅她的右脚，再换回来。他摇摇头。

"不记得了？"婷婷说。

丹纽眼睛向保罗扫了一下，婷婷明白了。"不要紧，我们慢慢找，你一定会记起来的。"她伸手拉住丹纽的手。丹纽刚想躲，婷婷已把他扯进自己的怀抱。婷婷感觉到丹纽挣扎得很猛，她以为他害羞，觉得他还不习惯靠在靠山身上，但习惯就好了。她正是要码头霸主看看，丹纽如今是有靠山的人，打狗还要看主子呢。"不，不记得！"丹纽叫道。

婷婷吓了一跳：这码头上的黑恶势力还了得？"丹纽，你要不记得，我的损失就大了。懂吗？好几万尼拉就没了。"

丹纽小木头人似的一动不动。

"我知道那个裁缝。我带你去吧，夫人？"保罗说。他并不热心，全是为婷婷好似的。

"我不要你带我去。"婷婷冷冷地说。

"我真的认识他。"保罗说。

婷婷不理他，她想自己或许凭运气能找到那个裁缝。走进市场，她发现格局又变了：一部分货摊在政府施行的拆迁政策下消失了，另一部分彼此合并，曾经能容一辆摩托车横行的巷道更窄了，有的地方被切断了。

向人打听一百多个裁缝搬去了哪里，人们的回答阵容肯定被打散了，就像所有摊主一样，能落脚在哪方就落脚在哪方。正是上午十点，所有的雨水洼开始冉冉升起蒸汽，婷婷迷失得连往出口走的路也寻不着。

这时她突然看见丹纽站在巷道口端，他见了她便调头走去，她知道这是要她跟上去。她跟近了问道："保罗他们又揍你了？"

丹纽不说话，一副办公的样子只是带着她往前走。整个大市场是座原始森林，只有丹纽这匹小羚羊能驾轻就熟地行走。很快他把婷婷带入一个棚子，十多个裁缝就在里面排成三行。靠右的墙上挂着两件中国旗袍，像是店面字号一样抢眼，丹纽凭它们找到了这位裁缝并记住了地理方位。

婷婷试衣时，丹纽站在棚子外，又撩起他的大T恤. 可怕的畸形脐带成了紫红的一团，婷婷吓得尖叫一声。

丹纽从T恤下伸出头，看她叫什么。婷婷走过去，仔细看，她发现那一截多余的脐带被极马虎地割下去了，又没齐根割，伤口已凝固，成了似是而非的多余物。

"谁干的？！"

丹纽不说话。他记得割的时候不太疼，只是羞辱。婷婷真的动怒了，怒得她不断吹拂额前一排齐齐的刘海。她一边吹着刘海，一边拽着丹纽，往市场的出口走。脚踩在水洼里，水面上的蚊子一哄而散，花瓣被踩沉了。她明白这肯定不是丹纽长辈做的事，如果这是他长辈干的，丹纽犯不着瞒着她。弱肉强食，太黑暗、太野蛮，离文明、民主太遥远了。婷婷不容丹纽挣脱，一直拽着他往出口走。童年时，她不知看过多少泼辣的母亲这样拽着孩子骂大街。

保罗和喽啰们刚刚揽到一批活：帮助一支太太购物队推车，这样的太太购物队在阿布贾成了气候。婷婷上前扯住保罗："你看看！你看看！"

保罗看了一眼丹纽，耸耸肩，他倒蛮酷。婷婷把丹纽护在自己臂弯里，脑袋抵着他的左肋："听着，你再欺负他，我让警察把你抓起来！"

面对保罗装糊涂的脸，她意识到自己的威胁多么可笑、无力。她把丹纽抱到车上。这个伤不简单，不好好处理或许会感染。她叫司机把车开到医疗室，一番上药、吃药、包扎，忙完已是晚饭时间。她从废旧衣物里找出几件女式背心、T 恤，又找出几条女式牛仔裤和一根牛肉肠，一块给了丹纽。把丹纽送到机场附近的一个村子附近时，天全黑了。

丹纽下了车就飞快地跑进村去，生怕婷婷一直把他送到他那个泥土加塑料板搭的家。

圣诞节前，婷婷参加了太太购物队。她身上装了几十张五十尼拉的小钞，手上提着一盒巧克力，巧克力盒子上打着华美的花结，还缀有一个盛卡片的小信封，里面是两千尼拉钞票。

在去乌赛市场的车上，同伴们已经以好笑的口吻夸奖了婷婷的好心眼。她们说再多待一阵她就不再泛发好心了，因为会发现管不了这些当地人的事。你拿出两千尼拉一个月，让他去上学？他拿了你两千尼拉才不会去上学呢。

车子停下，一大群男孩拥上来。婷婷数了数，幸亏她准备了足够的五十尼拉小钞。她把钞票依人次发放，虽然不情愿，但还是给了保罗。不给他会影响气氛，会煞风景。同时给他上课了：你拿不公道待人，我拿公道还你。拿到五十尼拉圣诞礼钱的男孩们张着嘴乐，又团团围上来，半是调皮半是敲诈，说他们没领着钱，请求婷婷再发一次。

婷婷看见丹纽站在人群外，穿着GAP的女式背心和女式牛仔裤，裤腿挽了好几圈。

“丹纽，过来！”

男孩们又蹿又跳，还是围得水泄不通。她推着搡着叫着，衣服全让男孩身上的汗水泡透了。她终于挤到丹纽面前，拉着他的手往车子跟前走。一路问他按时换药了没有，伤口疼不疼，有没有去学校打听，新生插班可能不可能。

丹纽被婷婷拉到车里，婷婷把那盒巧克力给了他：“钱一定要藏好，那是你的学费。糖你可以分给大家吃，如果你愿意的话。”

丹纽愿意，他出了车门就把一罐巧克力分了。保罗没有跟男孩们分。他对这个不感兴趣。

那天购物的人多，市场开到晚上八点。丹纽走到市场门口，想搭一辆计程摩托。又要下雨，蝙蝠擦着人头飞，蜥蜴都躲没了。搭计程摩托的人多，都是大人，丹纽挤不过他们。他想往前走，避开市场出入口人就少了。

走到马路边，保罗和另外两个男孩从路边的幼年芭蕉林里冒出来。保罗的浅色手掌在浅灰的雨雾里是黄颜色，像大蜥蜴尾部的橘黄，这只黄颜色的手掌向丹纽讨的是真正的礼物，保罗相信那个东方女人给了丹纽一份私房礼物。

丹纽一动不动。

一拳下来了。

丹纽还不动。

另外两个人撕开了 GAP 牌的女式背心，保罗拽下 GAP 牌的女式牛仔裤。丹纽浑身赤裸，只剩下肚子上缠的一圈绷带了。当保罗的手伸向那绷带时，丹纽一口咬住了它。

保罗的手特咸，这是丹纽在最后一个清醒瞬间想到的。

婷婷圣诞后的第三天去乌赛市场时没见到丹纽，她一阵慰藉：这个七岁的男孩去了他最该去的地方——教室。丹纽是个听话的孩子，果真拿着她给的两千尼拉上学去了。那两千尼拉藏得很好，藏在他的绷带里，因此她很放心。她一直没顾得上问问丹纽，那个畸形的脐带是怎么回事。

集装箱村落

/

奇迹偶尔会发生，比如玛丽亚的歌声和玛丽亚自身都引起了美国的注意，注意到一定程度，终于影响到美国的签证官员。

（Ⅰ）

集装箱里倾出来几百具黑黝黝的身躯，朝刚停靠路边的大客车潮涌而来。这是麦克·李的摄像机取景框里的一个壮观画面。一排排被掏出门和窗的集装箱遍布满山坡，在人类学博士麦克·李拉远的镜头里，呈现出奇异的摩登穴居状态。身边的李太太也从午睡中惊醒，问车子停在哪里了。麦克说是一块无名地，地图上没找着，但显然是石油公司的长车和大客车的一个重要停靠点。没等麦克的话落音，麦克等人所乘的这辆有防弹层的中型客车已经陷入包围圈，所有车窗玻璃上都有深色的脸庞浅色的眼珠。李太太问这个停靠点对于他们是否必需，麦克告诉妻子：前面运石油的一辆超长卡车企图调头，却在调头过程中抛锚，封住了路面。被挡住的车想停不想停都得停。李太太却听出丈夫并无多少无奈，像是给他捞着了似的，添出一个未经预设的人类学观察站。

围住防弹中巴的集装箱居民们兜售柴鸡、鸡蛋、牛肉干、饮料和行乞技巧。行乞在这里是正当行业，小儿麻痹症、眼疾患者、残肢的扮演都很逼真。李太太是个美国女人，从来讨厌乞丐，这时都被打动了，掏出所有五十、一百尼拉的小钞，从窗缝里扔出去。这一下引火烧身了：前面大客车被解了围，全部朝防弹中巴跑来。一个“瞎子”肩上还蹲着个小猴子，一边东张西望一边从瞎子的头发里捡出什么，往嘴里塞。

麦克·李称了心。平时尼日利亚人不允许外国人把他们搁进取景框，硬要拍，他们便大敲竹杠。但是这里的人民风淳朴，或者是看中李太太抛投的小钞。麦克·李是人类学家，副修音乐，次修摄像，业余爱好写电影脚本、经营电影制作。李太太特别相信丈夫没成好莱坞一雄杰是因为第一他没时间，第二他性格不专注，第三奖金短缺。

把车里带的炸薯片、巧克力饼干都投出窗外之后，实在没什么可投了，麦克便投出音乐去。麦克的音乐口味宽泛，很少排他，却常常喜新厌旧。到尼日利亚来工作，政府出他的搬家费，其中有百分之二十是音响和光盘。到达不久非洲音乐又迷死他了，他放出话来要创办一个音乐公司，引进一批非洲歌手的歌曲到美国。当地资源丰富而廉价，会有利可谋，也是件好玩的事。

他随身带的手提电脑配有两个喇叭，此刻喇叭把一个埃塞俄比亚女歌手推介给了集装箱里出来的人们，歌声极其调侃，极其活泼，女歌手向听众们眨着媚眼，逗他们玩的样儿全从喇叭里出去了。但围在车边上的黑色堡垒慢慢解体，悻悻散去。女歌手唱得如此妙，所有观众却退场，麦克向妻子耸耸肩。麦克·李是十一岁跟着父母从香港移民到美国的，性格却比美国人更热闹。从十一岁起，他有意无意地对中国人的含蓄和内向开始矫枉过正。李太太说这倒是个新发现，一首好歌可以驱逐乞丐。麦克觉得这话不好听，不够厚道，既贬了歌星又贬了集装箱里来的听众们。他说大概女歌星不是他们自己民族的歌星，听不习惯。妻子回道，巧克力饼干也不是他们的传统食品，他们吃得很习惯。李太太刚来到尼日利亚就中了其他驻外人员的毒，把刻薄本地人作娱乐。

那辆横挡路面的运油卡车趴得死死的，修理一再失败。防弹中巴里的美国人和英国人开始攻击尼日利亚汽车之老旧，修理技术之烂。有个人喝着啤酒打趣，与其修车还不如修路——外面几百人，让他们把路开宽，交通不就恢复了？那都用不了修车这么长的时间。

麦克·李发现车外门可罗雀，便起身开门。李太太说他找死，往这样的人群里自投罗网。麦克笑笑说假如他长一个大鼻子一头金头发才找死：现在是美国人招人恨的时代，他一张中国面孔怕什么。李太太还要啰嗦，麦克说总得让他找个小树丛方便方便。

麦克顺着公路向集装箱村落的一头走。一些铁皮屋顶上铺晒着手帕大小的牛肉片。临近赤道的阳光直射在铁皮上，夕阳时分村民们就可以收获烘熟的牛肉干了。集装箱大部分是土红色，排了一公里长。司机说集装箱村落就是长途运输的卡车司机们创建的,先是把集装箱偷运来，再把美女们偷运来，于是卡车司机们的第二家室便建立了，引来了卖烤鸡的、卖玫瑰茄凉茶的、卖刀器陶器和卖身的。这里很好，是人们在道德和法律中给自己留出来的休假地。后来村落越来越大，越来越繁华，日夜都忙。运油的卡车司机们在这里挖老板的墙脚，把油偷到村里的黑市上卖。大客车也天天有人贩子，把从边远地区搜集的男孩女孩在这里交接，这个村其实是个人口交易的集散地。一般繁华起来的地方总是会受到宗教的关怀，不久前在村子的南口升起一支十字架，在村子的北端出现一座圆拱顶。教堂和清真寺成了集装箱村落唯一的土木建筑，为两种纷争了几千年的教民服务。

现在麦克·李就在朝着教堂走，教堂里的歌声是他的方向，他不知道这是什么歌，唱得无拘无束，开心活泼。

教堂只有一间教室那么大，里面什么也没有，连基督的画像也没有。黄泥土地上堆起一个个土墩，一排高的夹一排矮的，就是桌和椅了。两排歌唱者站在一端最高的土墩子前面，又顿足又挥手，唱得不亦乐乎。

麦克·李刚举起摄像机，歌声稀落了，然后你先我后地停下来。麦克·李想，看来这是村子里的高一档村民，不愿白白进入陌生人的摄像机。他嘻嘻哈哈地“哈啰”一声，那边回的“哈啰”七零八落。放下摄像机，他发现这群歌手很年轻，十四五岁顶多了。他问他们唱的是什么歌，他们相互瞅；这个东方人的无知让他们不知所措。当然是圣诞歌啦，还有两周就到圣诞节了，正在加紧排练。

圣诞歌可以是不肃穆不沉缓的，可以是顿足蹦跳着唱的，麦克·李做了几年的人类学学问，这一点是大空白。他叫他们继续排练，他可以做他们的观众，排练立刻继续下去。麦克又有了个新发现，是个女孩子。女孩子担任领唱，歌喉低而厚，反衬她轻盈秀美的模样，成了个意外。她大概是歌手中最年轻的，不超过十三岁，发育却基本完成，一副精致小巧的骨骼，所有曲线弧度都到位。她不久发现这个四十多岁的东方男人只是盯着她一个人看，便发挥得更好，一个高音拖得长长的，不舍得断。她有一副单纯的面容，卖弄也是稚气十足。

等他们结束了一个段子，麦克问出了女孩的名字：玛丽亚，十三岁的玛丽亚。麦克觉得自己的心好久没这样柔情了，这样一个偷盗乞讨淫邪的集散地，居然出水芙蓉地存在一个玛丽亚，一副无双的歌喉。玛丽亚是她的教名，是牧师给她起的。玛丽亚有四个哥哥一个姐姐，父母去年搬来这里，开了一家小铺。玛丽亚的故事很简单，玛丽亚自己讲述一小半，周围伙伴讲了一大半。

（Ⅱ）

“你可以成为一个大歌星。”麦克·李说。麦克十分性情化，爱上什么他自己头一个被说服。他在心里反省：我说的是实话呀，这样又低又厚却上得去高音的嗓子只有在黑人种族中才会产生，而玛丽亚是他们百年不遇的一块瑰宝。只要一经训练，玛丽亚就会灿烂起来。他的音乐公司不是要向美国输入非洲歌手和乐手吗？为什么不能把玛丽亚列到他尚未列出的名单之首？只等他一旦有了时间就来着手这桩事业。“我可以把你介绍给美国人。你的嗓音太好了。”以人类学角度看，如此之纤秀的女孩能有如此之壮阔深厚的嗓音也可做个人类学兴趣点。麦克·李甚至这样说服自己。

麦克唱了《猫》里的几句，要玛丽亚跟他学。这对玛丽亚来说太容易了，从小唱歌，哪里去找个口把口教她的人？总是听着就跟上去，头一遍就跟下来了。舞蹈也一样，玛丽亚不记得她周围任何一个人有“学”的过程。母亲把他们驮在襁褓里，背在后腰上，腰和屁股舞动，他们便睡着了。舞得越圆，睡得越深。等他们两脚落地，这个舞就长到了他们身上。

玛丽亚要是个白种女孩的话，她现在的面颊应该绯红绯红，就是麦克这种黄皮肤也该红晕满腮。她今天早晨帮母亲把卖早点的摊子支起来，替母亲做出第一批豆面丸子，看它们在油锅里沉浮时一点也没料想到这是个不同寻常的日子。太不同寻常了，或许玛丽亚的一生都要从这个日子改变。从这个日子起，她将走出这个集装箱村落。集装箱里装的都是什么呀？玛丽亚想都不愿去想：假乞丐、真小偷、妓女、骗子、地下油贩子、人贩子……别说去美国，就是去南头的阿布贾或北头的卡诺，玛丽亚都会给上帝献上三天的歌。其实玛丽亚误会了人类学博士麦克·李：把玛丽亚的歌声介绍给美国，与把玛丽亚介绍给美国是有区别的。把玛丽亚介绍给美国，与带玛丽亚去美国区别更大。对于这些区别的无视，麦克·李即便知道也会不忍戳穿。奇迹偶尔会发生，比如玛丽亚的歌声和玛丽亚自身都引起了美国的注意，注意到一定程度，终于影响到美国的签证官员。签证官员们很难受影响，连影响了全世界读者的尼日利亚作家乌利·索因卡[1]也差点没影响到他们：索因卡的签证申请曾被拒绝过一次。

麦克·李来了劲头，满头大汗地指导男孩女孩们排演。他要进一步让玛丽亚发挥，看看她的潜力。他越来越被自己说服，这是个没得挑的女孩，从形象到嗓音，从气质到教养，都不属于这里。他一定得弄点钱，把音乐公司筹办起来，在妓女头、人贩子、早婚早育早衰夺去她之前，使她走出集装箱村落。

---

〔1〕Wole Soyinka，一般译为沃莱·索因卡，尼日利亚著名剧作家、诗人、小说家、评论家，1986年诺贝尔文学奖获得者。

他回到车上时大家已经绝望了，以为人类学博士被他研究的人类给生吞了。李太太沉默不语地看着车上没有图像的电视屏。李太太暴怒起来，表现为沉默和眼睛不看丈夫。麦克想和解就得挑她开口，煽动她暴骂。车开动了，麦克手舞足蹈，唾沫四溅，大谈筹建音乐公司的想法。李太太突然开口：“你知道多少人下车去找你吗？！自私！想做什么就做什么！到今天做成什么了？！”

虽然声音不大，但绝对够暴。和解开始了，麦克·李往后一倒，细细玩味他记忆里尚新鲜的歌声。他知道自己对玛丽亚不纯粹是伯乐与千里马的关系，有一丝卡车司机对村里女郎的心思。但这是没办法的，只说明他活着，极雄性地活着。

麦克·李乘的防弹中巴在男孩女孩的目光相送下远去，他们全站在教堂的窗子里，看麦克从集装箱隔出的巷道向坡下走，不断蹦跳，怕踩着满地鸡粪、狗粪、孔雀粪。他消失了一会儿，再出现时，往那辆乳白的车里一跃。门未关严，车便向前驶去。那门似乎太重了，关了三次才关严。

男孩女孩们分享着玛丽亚的希望和盼望，慢慢散去。他们从小就养成这种走路习惯，不慌不忙，晃晃悠悠。没有任何事值得这里的人着急。玛丽亚从离去的伙伴身上，突然看到一种区别，麦克·李的脚步是那样干脆利落，仿佛有一万件事等在他前面要他去做似的。所有她见过的外国人都像麦克·李那样走路。

玛丽亚从这个礼拜天起，走路的姿势和速度变了，至少她前面有一桩事情在等她去做。每天早晨她把早点摊顶在头上，运到公路边，替母亲支起折叠桌椅，她就走着目的性明确的快步。她小学毕业后就帮母亲挣钱养自己。哥姐们都要挣钱养自己，一大家人有一个人不挣钱养自己，别人就受累。虽然大家把挣来养自己的钱全交给母亲父亲统一开销，但谁都得兢兢业业地挣出这份养自己的钱来。她在课间要摘香蕉，课后顶着香蕉到公路边去巡回兜售。晚上她去露天的餐馆和啤酒吧洗碗。每天都会失业，每天都有新的就业机会出现。

玛丽亚看见那辆乳白色的中型客车从阿布贾方向开过来，她后悔今天没有穿她那条唯一的长裙。中巴开始减速，慢慢停下来，玛丽亚这才意识到一个多月来她其实感到多么无望。她管麦克·李叫主人，所有尼日利亚人都这样叫美国人和其他白种人，以及所有提供他们就业机会的中国人、韩国人、日本人。她一边向公路边上跑一边就在想：主人李说话是算数的，让她无望了一个多月之后终于出现，再次赏赐给她希望。麦克·李长相不难看，但在此刻向路边飞跑的玛丽亚记忆中，他简直无比英俊。

乳白色的中巴没有下来任何人。她看见一扇窗开了一条缝，所有买卖都靠它完成。一张钞票出来，一袋牛肉干进去。所有乞丐围着中巴团团转，如同一群豹子围着个巨大的肉罐头，明知它实心儿一团儿肉，却是干着急无从下口。

买卖进行得很慢，这时一个织麻布的小贩卖家正向窗缝内的眼睛展示他的货品，将半米宽的布料一块块抖开，又合上，往这边翻转，又往那边翻转，窗内的眼睛无比挑剔，每一块布样都看够了，中意的却仍没出现。玛丽亚挤不到车跟前，张口大喊会把她窘死，她只好等着这场窗缝交易结束。其实假如她认识车牌，就明白驻外使节的是红色，好比麦克·李乘的那辆车，而这辆模样相仿的中巴却是黑牌。

这一天不巧，集装箱村落的乞丐还没见到其他的车辆。已经是下午一点，再不从这辆中巴捞点什么，他们这一天就算失业了。十来个穿长袍戴小帽的乞丐挤过来，他们的人口比另一种教徒人口多，可在乞讨上往往让后者占上风。卡都那城的两派教徒为了就业机会越闹越僵，彼此要驱逐对方。集装箱村落离卡都那城很近，此刻其中一派教徒发现另一派教徒的确无耻，全挤到车前面，手掌接手掌，可以给司机的前窗当窗帘了。

（Ⅲ）

司机一面打开雨刷，往车前窗上喷水，一面按喇叭。不把乞丐们打发掉，他是无法开车的。

玛丽亚终于钻到了车边上。车窗是茶色玻璃，她看不清车上乘客。而车上乘客看她，则是个面目姣好、十分无辜的小乞丐。她用手掌拍了拍车窗。里面的人想，这么美妙的小东西做乞丐，真是浪费资源。车上是法国人，法国人风流，常喜欢咂摸一些不雅念头。玛丽亚拍窗拍得情急，却拍得并不粗鲁。坐在靠窗位置上的年轻法国男子朝他的同伴挤了挤一只眼，对方的回答也是挤一只眼。他们会心地认为这个小姑娘肯定是处女。年轻的法国人把窗子拉开一条细缝。

玛丽亚听到一句法语“走开”，但她不明白他的意思，睁大亮晶晶的眼睛问他，“主人李在吗？”

“什么主人李？”法国人用英语问她。

“就是麦克·李。”

法国人觉得这个提问不值得他费口舌了，他在口袋里摸了摸，摸到一块焐热的口香糖，又往另一个口袋摸去。

司机硬把车开动了。

玛丽亚发现手里是一块温热的口香糖和一张一百元钞票，她是集装箱村落里唯一一个得到施舍的人。乞丐们冷冷地看着她跟在中巴后面跑，心想她还跑什么，靠一条短裙子就挣了那么多。

能止住玛丽亚焦灼的就是路边时而停靠的乳白色中型客车，阿布贾各大使馆的公用车绝大部分是这种，常常奔走在阿布贾到卡都那，再到卡诺的公路上。所以玛丽亚的焦灼和无望常有间歇，白色中巴一停靠，她便过节一样。再有就是唱歌，教堂的合唱队每星期排练三次，一唱玛丽亚就热泪盈眶。歌声中上帝的模样清晰起来，耶稣基督的样子也清晰起来，他们不再鼻梁高耸眼睛深陷：他们都有了亚洲人和缓平坦的脸庞，光滑无毛的手，单薄的肩膀。

玛丽亚的姐姐在阿布贾找了一份工作，是她一个女友介绍的。姐姐说雇佣她的那家美国人提供一间住房，和主人的宅子分开。那间房有电视、电扇、淋浴、抽水马桶、一套家具包括一张真正的床。按集装箱部落的住房标准和人均占地面积，这间房可以容得下七八个人。所以母亲和姐姐决定让玛丽亚去阿布贾，说不定也能找到一份清洁工之类的工作，假如虚报两岁年龄的话。

头一个撞进玛丽亚脑子的念头是：麦克·李就在阿布贾，去了那里，就可以去找他了。玛丽亚没去过这个首都城市，来集装箱村落的卡车司机们炫耀过他们在那里照的照片，天堂一样的天主教堂和清真寺，宽大笔直的马路，以及住在真正房屋里的人们。当天晚上，露天啤酒吧里坐着一群卡车司机和他们的窑姐儿，玛丽亚怯生生地上前问阿布贾有多少人，人和人是否都认识。司机们哈哈大笑，说阿布贾的人没法认识，太多了，所以谁都装不认识谁。

玛丽亚和母亲、姐姐说她不去阿布贾了。为什么？她不回答为什么。她唯一能见到麦克·李的地方就在这个充满糟粕的集装箱村落，假如她随姐姐去了首都，在茫茫人海里找不着麦克·李，他会怪她失约的。他要创办的音乐公司一上来就出现个失约的歌手，那可不好。麦克·李多懂得她的歌声啊，说出那么多道道来。哪天白色中巴载着他来了，她却让他扑个空，太不好了。玛丽亚坚决不去阿布贾，但她没有把她的理由告诉妈妈和姐姐。告诉了她们也不一定懂，她们听玛丽亚唱了十来年也没听出好来。全村人都听玛丽亚唱，全白听，全没听懂。要不是来了个麦克·李，连玛丽亚自己都没听懂自己的歌声好在哪里。

姐姐还是偷窥出她的一点心思，问她是不是爱上哪个男孩子了，为他而不愿离开这个狗都嫌的地方。玛丽亚站起身就走，把捣了一半的木薯扔在那里。姐姐接过木杵捣起来，在她身后说她自己十三岁时都有过两个男朋友了，玛丽亚已经快十四岁了，难道不该有一个？

玛丽亚心里鄙薄得很。这就是这个村落人的素质：心无大志，早早结婚生孩子，背着孩子捣木薯，孩子长大又背着她的孩子捣木薯，对麦克・李，玛丽亚是渐渐爱上的，但那是圣徒对圣贤的爱，是歌者对创造歌的人的爱。

已经有两三天没有任何车从公路过往了。村子里有电视的人把消息传出来，说卡都那的两派教徒打了起来，战场正在迅速扩大，死伤人数每小时都在增长，烧毁的房屋使大群的愤怒流民往集装箱村落的方向拥来。那是一批穆斯林流民。

集装箱村落的教徒们不敢再往村子的北端去。村子中间的水井成了最危险的地方，南端的人一去就得成群结队，不然北端的人会用语言和石头挑衅。

村民们都没存粮，挣一天钱买一天食，日子都是从手上过到嘴里，中间一点余地也没有。

因为两边教徒的战斗，卡车司机们都不来了，外国人更不来了。一些村民打起了行李，穆斯林教徒打算北上，基督教徒则打算南下。

战场还在扩大。村子里一清早冒出扛着长矛、挎着腰刀、提着福兰尼板斧的战士，全是浑身血水。

村民们说，集装箱村落已经成了战场的一部分，不撤走马上也会被搅进战争。已经有一千多人战死了。不久这些村民自己也成了战士，全是志愿的，为了他们的信仰自愿参战。

玛丽亚的四个哥哥全参加到基督教徒的队伍里。昨天还为怎样少花钱买饮用水伤脑筋的大哥，今天一碗肮脏的井水灌下去，嘴一抹，准备决一死战了。

母亲开始哀求，求儿子们别让她白白生养一场。她和父亲连夜装起家当，准备徒步离开集装箱村落，不要碍双方战士们的事。

玛丽亚的动作像做梦一样，打点锅碗瓢盆，折叠衣物，捆绑卧具。她试图想出一个点子：在她和全家搬离此地后，让终将会来找她的麦克·李不扑空。她问过父亲要带全家去哪里，父亲只说去安全的地方。安全的地方意味着多远，还回不回得来，玛丽亚全不知道。她又去问母亲不走行不行，母亲说她早想走了，都说集装箱村落的村民致富有道，但那是他们一家学不了的道。

“我不想走。”玛丽亚说。

母亲说那就是不想活。

“我不走。”

母亲理都不理她，她已经够乱了，余不出精力来反驳一个十三岁半的女孩的任性话。她自己把一个大卧具卷顶在头上，又回头看一眼剩在集装箱居所的几张中央塌陷的床垫，只好割舍了。取下了窗帘门窗，集装箱寓所彻底恢复成了一个集装箱。

（Ⅳ）

外面的人飞快地跑过来跑过去，不知跑些什么。鸡和狗叫成一片。孔雀被逃离的人放生了，但它们忘了怎样做野孔雀，三五成群蹲在榕树上，嘎嘎尖啸。

左右两边都有大片火光。北面的战场和卡都那的战场就要在此地连成一片了。集装箱村落的基督徒村民撤进了南边的丛林，穆斯林教徒撤进了北边的丛林。所有的手电筒都集中在队伍首端，为躲开蛇或沼泽。

天空轰鸣起来，撤进丛林的人们都抬头去看，猜想这些飞机哪来的，向着谁。

坐在阿布贾公寓里的麦克·李对李太太说："还得外国使馆空降兵力来平息这场恶斗！这个政府什么东西？！武警都派不出来！"

他和太太坐在电视前面，看着BBC晚间新闻。播音员报出的死亡人数已上升到两千。屏幕上的火光正是玛丽亚正在凝视的。

玛丽亚站在黑森森的丛林里，看见北边的火光越来越亮。旱季的丛林太方便纵火者了，风轻轻一摆就把火浪送得很远。玛丽亚身边有一座两人高的白蚁城堡，远处的火把这里的白蚁都惊动了，一群群冲出城堡。

还有集装箱村落的村民从后面赶上来，把呆望的玛丽亚挤开。

孩子们在某处叫喊："直升机灭火来啦！"

这时麦克·李面前的电视屏幕上，一架印着联合国徽号的消防直升机腾空而起。

妻子说她困了，不想等着看这场宗教战争的结局。她见丈夫身体前倾，只有屁股尖搁在沙发边沿上，笑起来，问他瞎激动什么，不是已经请求调离尼日利亚了吗？

麦克·李听不见她，眼睛跟着画面转向一片空地。再一看不是空地，是横尸遍野的城市，一个从直升机上拍摄的中世纪古战场，他想他对他们做什么援助都是白搭。他是个最不愿看到自己的期望落于无望的人，这就是他和妻子决定提前一年离开这里的原因。一年前他刚到尼日利亚，那时他多热情，觉得可为的太多了，假如宗教可以被传教士们普及，文明和科学也可以被他这样的人普及。一年前去卡诺回来的路上，他用摄像机拍摄了一路，学生气地想，多么辽阔美丽的国土，多么古朴的村落。古朴？人都住在集装箱里。麦克·李印象中最丑陋的景致就是由土红铁皮集装箱组成的村落。

麦克若把此刻的看法告诉玛丽亚的话，玛丽亚会完全赞同：集装箱村落是世界上最丑陋的一道风景。玛丽亚站在巨大的白蚁城堡后面，听到母亲在唤她。从声音判断，她在一百米之外。玛丽亚希望在母亲走完这一百米之前能想出个法子，就是说：母亲找到她时，她有了个非常好的借口留下来，不久让麦克·李找到她，把她带到美国去。

母亲在黑暗中逆着人群疾走，不时停下来，仰脖子唤一声“玛丽亚”！

玛丽亚突然蹲下身，她没有想出点子，没有比回到丑陋的集装箱村落继续等待麦克·李更好的点子了。

丛林静下来，母亲也不甘心地随着最后逃离村子的人走去了。

玛丽亚回到只剩下穆斯林战士的集装箱村落。假如说集装箱村落只有一点长处的话，就是它不会在大火中坍塌。

苏安·梅

/

假如人们这时仔细看一看阿吉波拉的眼睛，一定会相信他是真的，

他和奥利维亚绝不是一回事。

但没人看他，隔着种族，就是看也看不懂。

人们看见坐在苏安·梅旁边的非洲男子向她说了句什么。

苏安·梅脸红起来，她脸红的时候你心动极了，这样爱羞涩的女子一百年前就灭绝了。你心动还因为她笨重、痴肥，有着侏儒症患者特有的短手指——这一切都没有耽误她像最美丽的少女那样脸红。可惜会脸红的美丽少女也差不多灭绝了。你心动还因为除了脸红，苏安·梅没有任何让你心动之处。

人们把应付苏安·梅两三句对话看成自己的慈善业绩。问她：“习惯非洲的气候吗？”她把肥胖的一张脸转向你，你马上明白她同意你的看法，也把你和她的辛苦搭讪看成慈善事业，她就在这时候红起脸。

所有人都在背后讲其他人坏话，没什么恶意，只因为这个非洲西部的国家严重缺乏消遣，却没一个讲苏安·梅的坏话。“苏安·梅是个一流秘书。”“苏安·梅做秘书做得太酷了——不动声色把所有档案都处理了。”这些好话也是大家的慈善之举，把好话捐赠给这个一生也没有出嫁希望的老姑娘，造成乐善好施的自我错觉，其实这些成堆的好话对于大家是废电脑、旧衣服、过期杂志，搁着也是搁着，于是大家比着捐。一次大家喝酒喝超了，说起各个年代流行的发型来。一个人说七十年代末的“莫勒发”最难看，前面一大蓬，后面飘几缕。另一个人说大概苏安·梅家乡信息不通畅，所以到现在“莫勒发”还没有结束流行。

这时苏安·梅正巧被谁邀请来了，第三个人便说：“苏安，七十年代刚打来电话，要你把它的发型还回去！”

苏安·梅摸摸自己蓬了一脑门的“莫勒发”，脸色大红。人们顿时酒醒，觉得对苏安·梅慷慨捐赠的好话一下子透支了。苏安·梅一点也不会自己给自己找台阶下，一张张脸看过来，眼神含有强烈的求知欲。过了好一阵子大家才明白，她不知道笑话的要点是什么。

正是蝙蝠出林的时候，上万只蝙蝠使最后的天光阴暗下去。人们发现苏安·梅身边的男子不见了，再出现时手里端了两杯饮料，他取饮料去了，一杯是为苏安·梅取的。苏安·梅从塑料扶手椅上欠起身，对非洲男子的殷勤照顾万分领情。她害羞得作痛了。重新坐回去时，薄而轻的塑料在她的分量下失衡，两条后椅腿一屈，连人带椅险些来了个后滚翻。椅子让男子挡住了。只因一只脚在椅后一垫，便挡住了那个很可能引起重伤和失尊的后滚翻。

看见这一幕的人把它描述给没看见的人，把它作为苏安·梅突来的艳福描述。而错过那一幕的人都不信，他们对苏安·梅命中无艳福这一点很笃定；正因为她被认定没艳福，人们才放心大胆邀请她参加所有便宴盛宴、酒会茶会，尽管苏安·梅永远只喝可口可乐。艳福怎么可能降临苏安·梅呢？一米四的个子，三尺腰围，棕色头发有一半白了。她的父亲是个中国人，母亲的遗传显然太霸道，因此她一点中国样都没有。

三个月前，来了个纽约人，六十三岁，锃亮的秃头，幽深的酒窝，谈歌剧谈高尔夫谈证券股票都充满激情和学问。有一次谈到自己离了婚的妻子，当众老泪纵横。不久他身边围了一群人，女人多于男人，不知是爱他还是爱久违的纽约。苏安·梅悄悄地尾随在他的尾随者后面，目光蓝蓝地照耀着他。苏安·梅的眼睛仔细看是好看的。纽约人对她一笑，问她是不是纽约人。苏安·梅红着脸说她是在那布瑞斯加的一个镇子上长大的，从来没去过纽约。纽约人心疼起她来，在纽约人看，没去过纽约比没谈过恋爱还悲惨，简直是上帝给你的生命交白卷。苏安·梅又补来一句，说她来非洲之前没乘过飞机。纽约人心疼坏了，她的天真诚实使他感到自己过分丰富的人生阅历，繁忙不已的度假和享乐，以及对这一切的卖弄简直是在欺负苏安·梅。

不久，纽约人开始普及纽约生活，在家里开爵士音乐会，把古巴"Buena Vista Social Club"的一群七八十岁的老乐手介绍给人们，还放映百老汇的戏剧、歌剧录像。这种音乐会一般只有六七个客人，纽约人要的是一种知己气氛，但苏安·梅回回受邀。当纽约人的宅子变成阿布贾的纽约时，人们暗暗打听：这周被邀请的人是哪六位。有一种类似妒忌的感觉滋生出来，不常被纽约人请入宅子的人们心里酸酸的，对常常被邀请的人产生出不服气。

但没人妒忌每次被邀请的苏安·梅。不管纽约人给予她多少恩惠，或说命运从此给予她多少补救，她都无法在优劣上和其余人扯平。

又过一阵，纽约人的音乐会上添出一个新客：一个苗条秀丽的尼日利亚姑娘，二十二三岁，叫奥利维亚。一次音乐会接近尾声的时候，客人们看出苗头来，找理由早告辞。六十三岁的纽约人和二十三岁的奥利维亚要做什么，假如奥利维亚没意见，谁也不会有意见。告辞非常拖沓，因为人家想让稳坐在情人沙发上的苏安·梅得到暗示。苏安·梅却仰着脸，一脸目送大家归去的粉红笑容。坐是坐得闺秀气十足，一腿前一腿后，两个脚尖吃力地举在沙发沿上，不够长度着陆。画面太惨烈：她身边就是黑色仙子般的奥利维亚，暗色皮肤有种丝绒质感，穿着牛仔裤也不妨碍你在脑子里看见那两条笔直圆润、长得惊人的裸腿是怎么从惊人的凸翘的臀部起头的。只有像纽约人这种爱够了白种女子的人，才有如此高的眼光，来爱奥利维亚这样的黑姑娘。大家都同时明白了一个惨烈的事实：苏安·梅认为自己是应该有份留下，哪怕只留下一小会儿，和纽约人有一小会儿的私房空间。她把纽约人过分豪爽的善施误领了，这样的误差她可是不堪的。于是人们都认为有义务保护天真的老姑娘，也有义务替纽约人脱开干系。

就像大家起初不相信纽约人的荒唐，越过四十岁去和奥利维亚浪漫一样，苏安·梅深信纽约人做不出这种事来。苏安·梅一生中没动过几次情，再天真她也懂得那是枉然的。而这一次纽约人让她信以为真了，她觉得自己再是老姑娘比纽约人还是年少二十多岁，并且由于她曾经住过的镇子都是白种人，假如有一个黑人从镇上大街的一头往另一头走，不必走到头就会被警官截住，因为有好几户人家已经报了警。在苏安·梅单纯的心灵中，她把纽约人和奥利维亚浪漫的可能性排除得很干净。她的中国父亲因为受不了小镇人的冷眼，才离开了她和她母亲。她想她再怎么不济，也不会输给一个黑人女孩。她哪里知道纽约城的人有百分之四十是黑人和非白人，纽约的市民对非白人就像对杂粮面包一样，口味早就习以为常。

客人中有人建议：不如去英国领事馆再喝两杯，那里周末酒水半价。都明白他的用意，便起哄说一块去一块去。十分钟后这群人已经围在吧台边上，各自点了酒，某人为苏安·梅点了可口可乐。没有想伤害苏安·梅，所以都希望和她胡扯而抓住她的注意力，让她错过纽约人和奥利维亚消失的一瞬。但这简直办不到，苏安·梅的眼睛长在了纽约人身上，为着他发挥得越来越糟的调侃一会儿红一下脸。酒吧旁边有三四个人在打桌球。有人想利用这一招来使纽约人冲出苏安·梅蓝色目光的封锁线。结果马上就失败，苏安·梅用她侏儒症的短手指拾起一根球杆，等着轮到她上桌和纽约人打一局。

这时已过了十点半，酒吧十一点关门。假如苏安·梅坚守到最后，她一定会看见纽约人和奥利维亚双双乘车离去的一幕。正是这一幕不能让她看到，对于这个天真丑陋的老姑娘，非分之想是美丽的。人们不由怀恨起纽约人来，在他没来到这里之前，苏安·梅对自己一生孤单的结局是多么死心塌地地接受，这一想连招聘苏安·梅的人也一块怀恨。虽说不歧视长相残疾是文明水准的体现，但把她推进一个乱施慈善的人群，却非常危险。一旦她目睹纽约人怎样带着奥利维亚一块儿回家，她就明白纽约人给她的除了善施什么也没有。这里的人都待不长，最长两年。她的非分之想也有限度，从来没想过纽约人会与她终身好合，但能抹去她情爱史上的全然空白，已经如愿以偿。纽约人之所以令她着迷，不是他迷倒其余人的魅力——那些魅力她并不懂，而是他的年岁。六十三岁，年轻女人、漂亮女人、苗条女人是不需要的，可以把他剩给她。

苏安·梅开始减肥，她每天早晨五点起床，专门雇了一位教练，监督她做水下减肥操。教练是尼日利亚人，教得很好。但他来得太早走得也太早，大家都没有见过他，是从猛瘦下去的苏安·梅身上看出他的好来。一生没吃过蔬菜的苏安·梅开始以生菜沙拉为主餐，从来都喝可口可乐的她也改喝葡萄酒了。

大家全知道，就在苏安·梅一天天瘦下去的时候，纽约人和奥利维亚一夜夜地同居起来。幸亏这位英武的尼日利亚小伙子出现了，成了纽约人的救火队员。但愿小伙子能给她足够的动力，让她诀别全美国人民在七十年代末就已经诀别的发型。非洲小伙子穿一件橘红衬衫，橘红和黑色是最好的搭配，因此他有种火烧火燎的热切感觉。再就是性感，虽然食品紧缺、自动化程度过低的生活使尼日利亚男男女女都消瘦而性感，但这个小伙子还是遥遥领先于一般人，一看就知道他是个性活动好手。不知凭了什么，所有人一致认为苏安·梅是没有尝过性的滋味的，这可比没乘过飞机、没去过纽约问题大多了。渐渐降低体重的苏安·梅曾一度使怜悯她的人几乎走出对于她的绝望，认为纽约人或许会给她一个吻，那种不纯洁的，使她相信她身体还能引起他欲望的那种吻。反正又不破费他什么，却够苏安·梅一生玩味。苏安·梅不贪婪也很领情，这一点大家有数。

圣诞前夕，苏安·梅发出邀请，请了八个朋友去她家吃传统的圣诞餐。火鸡难买，她却买到了。还有新鲜奶油（而不是罐装的）做的蛋糕、蜂蜜火腿、红瓤白薯、南瓜奶油派，全是尼日利亚不常见的好东西，苏安·梅羞涩地通知这八个朋友，红着脸说她花了一个多月才把东西凑齐。八个朋友一听全明白，那些她费了一个多月的劲找来的好东西也正是使矮胖的苏安·梅之所以成矮胖子的东西。

到了这一天人们却把这个餐会给忘得干干净净，因为苏安·梅过分郑重，下达邀请过早，反而被后发出邀请的人替代了。圣诞前晚会、家宴天天有，人们疲于吃喝，一些晚会不到场也就不到场，没人介意。只有苏安·梅守着一桌丰盛的食物，穿着镇子上年年不变的红绿格子圣诞裙，坐在圣诞的蜡烛旁等候。事后人们自省起来，明白了自己是怎么回事，尽管他们对苏安·梅同情爱护，他们实际上却没拿她当回事的。稍不当心，就把她忽略得影子也没了。他们常常问她周末打算怎么过，她认真列起活动清单时，他们一个字也听不进去，脑子想着部门头头派下来的报告还没写完，老婆提出的度假计划还没谈定，艰苦地区外交官补助费据说又提高了，某同事居然志愿驻伊拉克……因此当他们接受苏安·梅圣诞餐会邀请时，脑子里的所有事都显得比她的邀请重要得多。

在苏安·梅把火鸡第三次放进烤箱去热的时候，门铃响起来。苏安·梅打开门，门外是手牵手的纽约人和奥利维亚。假如她邀请的客人个个都不失约，纽约人和奥利维亚的关系不会被苏安·梅马上洞悉，因为她可以把奥利维亚看成其他客人带来的附属客人。一个开始暗恋的人可以使现实服从她的愿望，把现实按她意志地扳过来拧过去。而这时她把最近的一连串事件连起来看了，包括那个音乐会之后，大家酒足饭饱后又起哄到英国领事馆酒吧去“喝两杯”。

苏安·梅毕竟是善良宽厚的人，她把纽约人和奥利维亚请进门，给他们斟酒、斟饮料，为他们摆出带圣诞字样的锡箔气球，带他们参观从非洲人那里买来的圣婴降生模型。难为她还把自己收藏的上百个布娃娃拿出来，让奥利维亚开心。她从六岁开始收藏娃娃，六岁的苏安·梅肯定不知道她将来会长成个患侏儒症的矮胖子，为一场从未开始的恋爱而失恋。

人们从此疏远了纽约人。纽约人太狠，诚实完全可以不以如此之狠的方式来呈现。大家对苏安·梅狠不下心的事，全让纽约人办到了，他居然吃得下苏安·梅烤的火鸡？！他以为作为纽约人就可以不事先征得女主人同意，临时带附属的女朋友吗？但纽约人毕竟是纽约人，他们的酷就表现在心胸和眼界上：谁和你们一般见识呢？他照样逢人笑嘻嘻地谈纽约最近轰动的剧目。纽约是充满敌意的城市，六十三岁了还不会在敌意中自如自在，那他早就搬离纽约了。或许搬到那布瑞斯加的某个远亲不如近邻的小镇去了。有人常常看见他和奥利维亚在餐馆里对坐，眉目传情，脚和脚在桌子下跳“探戈”。他会大方地打招呼，或请你到他桌上共饮一杯。人们对他的敌意渐渐公然化，他们为苏安·梅抱屈透了：苏安·梅的绝望表面上虽看不出，但她飞快增加上来的体重是她受重创的见证。她虽然每天早晨坚持水下减肥操，但心灵没了向往，身体就自暴自弃了。

因此当人们听说纽约人和奥利维亚散伙时都暗自称快。纽约人主动打发了奥利维亚，奥利维亚有一天以旁敲侧击的形式提出要纽约人替她办赴美国签证。纽约人黯然神伤，醒悟到自己对于奥利维亚所含的巨大而不浪漫的价值。他含糊其词，告诉二十三岁的黑美人他不管签证，也无法左右签证部门的决策。奥利维亚似乎忘却了这桩事，不再提及。纽约人大大释然，以为一切不过是他那纽约特产的戒备心所致。在一次将醉不醉的最佳时刻，奥利维亚提出要嫁给纽约人。纽约人彻底认清了自己对于她那巨大而不浪漫的价值。纽约人的高尚也在于此：他绝不利用她的宏大企图而进一步榨取她的青春资源。纽约人紧急告假，返回了纽约。一周后回到阿布贾，他把自己的浪漫多情治愈了。善后也极漂亮，他跟一位同事调换了住房。新的住房和苏安·梅同院，纽约人出门必经过苏安·梅的门口。只要纽约人的大铁门一响，正跨在门槛上的苏安·梅立刻倒退回去，在阴暗的门厅里等待纽约人走远，她也有她治愈自己的方式。

人们很快打听出来，在晚会上对苏安·梅献殷勤的尼日利亚小伙子名叫阿吉波拉，是打井技工，被“援助办公室”请到晚会上来的。他非常好动健谈，英语却很糟。他从一个偏远省份的村庄里来，是跟打井工程师一块儿来向美国政府申请打井经费的。隔着种族看不透阿吉波拉的年龄，但人们猜他至少比苏安·梅年少十岁。打井的申请被拒绝之后，阿吉波拉却没有离开阿布贾。他偷偷在外交圈子里打听，是否可以找一份杂工的差事。工资要求不高，一百多美元就行。在这期间，他两次出现在夜晚的酒会上，人们知道并不是苏安·梅带他来的。苏安·梅从起初的羞涩渐渐变得矜持，再就是对他爱搭不理了。

从纽约人的经历之后，苏安·梅活得更沉静，她不再强迫自己吃令她作呕的生菜沙拉，她恢复了小镇上人人喜爱、辈辈喜爱的酸奶油烤土豆、炸鸡。她还是动不动脸红，但人们觉得她也许并不像他们想象的那样懦弱羞涩。一次大家相约去远郊的民间工艺市场，去淘些收藏品，将来离开尼日利亚时有些纪念。四十多摄氏度的高温让木雕人像都汗涔涔的。棕榈高耸入云，丝毫阴影都洒落不下。和乌木雕塑一样色泽的贩子们坐在凉棚里，购买者们却得蹚着滚烫的红色沙土，走在太阳里。不一会苏安·梅的莫勒发就变样了：前面的大蓬头瘪下去，后面的几缕发粘在脖子上，她和大家告别说她想回家睡午觉。她走到灌木丛生的停车场，打开车门，让发动机发动起来好使空调放出的冷气驱走凝结在车里的热气。这时另一个人也热得受不了了，从工艺市场走过来，穿过一丛灌木，就在他能看清苏安·梅举在手上的矿泉水商标的距离，他突然纵身：两个持枪蒙面的黑皮肤男子从苏安·梅车后跃出来。这时苏安·梅什么也没意识到，正往车门里塞着自己肥胖的身体。这个目击者想喊，但他怕蒙面歹徒回身给他两枪。

苏安·梅一抬头，见两个枪口抵在两扇窗口上。歹徒叫她立刻下车，而车钥匙和钱包不要下车，苏安·梅把自己好不容易塞进车门的身体又塞出去，脑子还没转过来。一般人在这种时候脑子最好别转过来，这样容易配合对方的需求，听之任之，事情结束得比较快，好结束歹结束都快。但苏安·梅刚刚下到车外脑子就转过来了，对自己所处的危境立刻清醒。这些人要劫她的车呀！她在小镇一共才开过两辆车，还都买的是二手货。她一生中唯一的新车是在阿布贾买的：本田雅阁。新皮子的味道还没散尽呢，这些人就要把它抢走了，她发起了一生中最大的一次脾气。苏安·梅的父系遗传全体现在她的性格上：温和、忍让、含蓄、知羞。她父亲是个特别爱惜财物的人，打碎一只碗也会自责半天。这也是他和苏安·梅那个大手大脚的母亲的分歧所在。正如母系遗传在苏安·梅的相貌上横蛮霸道，她的父系在她性格上的遗传也独裁得很，绝不能看着她花在买车上的一万六千元霎时打水漂。她大吼一声：“不！”她吼得已经跑回市场去搬援兵的人也一哆嗦。这人回头，见苏安・梅和已坐在驾驶盘前面的歹徒拉扯起来。等那人搬了援兵来到停车场，正见到这样的场面：另一个歹徒人在车里，屁股和一条大长腿还在车外，苏安・梅举起自己短粗的腿向那个屁股踢去。她踢了三脚，直到车子开出去。

事后人们非常后怕，歹徒太有可能开枪了。在一把小刀能劫下载几百乘客的飞机的文明中，苏安・梅的勇敢显得太远古了。苏安・梅短而肥胖的腿三起三落，在歹徒屁股上留下了侏儒症患者特有的小脚印（她脚的尺寸和她庞大的身躯不成比例），多少也伸张了些正义。人们更深地怀疑起苏安・梅的温顺表象来。

从圣诞开始到复活节结束，人们过一个节日又准备进入下一个节日。情人节是阿布贾的风沙季，撒哈拉来的沙土遮得巍峨的阿索岩连轮廓线也没了。有情人的都把休假日挪用到这一天，神神秘秘地消失了。有的飞去欧洲南部，有的飞去非洲东部。没情人的留在阿布贾，假戏真做地相互送些糖果。若在美国，同一办公室的男士或许会买束鲜花送给女士，用意全无。但阿布贾没有鲜花可买，想买鲜花要提前一个礼拜在几百公里之外的农场花重金预订。

上班不久，秘书台上便出现了一束鲜花。玫瑰是橘红色，夹在蓝色勿忘我里。不得了，收花者是苏安・梅。苏安・梅正在其他办公室送文件，一回到秘书台便大红了脸。她的表情非常古怪，几乎是受了奇耻大辱。人们走过来走过去，都夸奖花太美了。过了一会，花就从台子上下来了，下到了台子下的角落里。大家都暗暗可惜那些花，也可惜苏安・梅搁置一旁的艳福。

把鲜花从阿吉波拉手里捎给苏安·梅的小青年是刚从美国来的，才二十三岁，对于非洲人的亲和作为与保守派的界限，他非常自豪地划清这条界限。做足非洲研究，对殖民史有高度认识的科班研究生的他，要以对黑人种族过火的友善来挑衅保守的白种人，比方说：瑞斯加某小镇上那一类白种人。这个小青年在传达室里碰到抱着花的阿吉波拉，主动提供帮助。阿吉波拉的献花愿望遭到一连串打击——他求每个经过传达室的人把花捎给苏安·梅都被拒绝了。小伙子把花捎给了苏安·梅之后，又被某人差出去跑腿（年轻官员总是被老官员东差西差）。他发现阿吉波拉还在传达室里，才想起他是在等回音：苏安·梅是否接受他的晚餐邀请。小伙子想邀请一定是不会被接受的，因为鲜花已被搁在脚下了。他对阿吉波拉说苏安·梅如何感谢他的花，但晚餐邀请发得太晚了，她已跟别人约好了。小青年的诚恳和友善说服力很强，阿吉波拉灿烂地笑起来。这时他才露出他的美中不足：门牙和门牙间有条宽阔的缝隙。小青年还觉得对不住他，想把苏安·梅的冷漠多弥补一些，便说不久有一场大型舞会，各国使节都被邀请了，假如阿吉波拉愿意他可以邀请他。

小青年立刻受到了攻击，同事们说难道他没听说苏安·梅不久前被劫车的历险记？这个打井技工万一危害各国使节的生命，谁负责？小青年想取消邀请，却又没有留下阿吉波拉的电话号码。

舞会开在星期日晚上，阿吉波拉被挡在门口。每个参加舞会的人都允许带一名舞伴。纽约人带了一位法国女子，一路法语地入场时，看见阿吉波拉站在门口东张西望。他入场后发现苏安·梅独自坐在一边，端着一个玻璃盏，里面盛了四五个各色冰淇淋球。没有舞伴的人很少，像苏安·梅这样，只有一个图头，就是吃一顿丰盛的自助餐。纽约人见苏安·梅穿了套黑色晚礼服，露出粉白的上半个胸脯。不知哪家服装厂会生产这个尺码的晚礼服，刚这样一想，纽约人觉得自己太不慈善。他跟法国女子道了声歉，穿过舞场，邀请苏安·梅跳一支曲子。他想，反正这支曲子没剩几个小节了。苏安·梅脸一直红到胸脯，跟着纽约人跳起来，一双不成比例的小脚转得挺圆，黑色裙裾在又粗又短的腰身上兜起一圈圈风，使她成了盏黑色台灯。让纽约人大吃一惊的是苏安·梅的舞跳得极好。

见纽约人找苏安·梅跳舞，人们又开始向她好意说好话了。一个个人上来请她跳，苏安·梅就要被好意淹没了。她却非常自重，只是认真跳舞，保持一贯的天真眼神、一贯的羞涩面容，舞毕诚恳地道谢。一支曲子结束，她总是为自己取一杯葡萄酒。这时她正跳着，从舞伴肩头看见了阿吉波拉。

一身黑西服的阿吉波拉眼神有种幽怨，苏安·梅突然得宠于众人似乎刺痛了他。他是被那个小青年带进来的，在进门前被仔细搜了身，确认没带炸弹才被警卫放行。

终于等到苏安·梅空下来，他上前去，郑重至极，紧张得太阳穴的血管一拱一拱，七分醉的苏安·梅在他眼里很美很美。他不会跳西方人的舞，把苏安·梅拉扯得恼火起来。她终于说："停。"然后她甩下他走回自己的座位。他愣了一秒钟，跟过去。他刚一坐下，苏安·梅却站起来，这样两个人的高度不那么悬殊了。纽约人和法国女子风头最足，"恰恰"跳得炉火纯青。苏安·梅对自己说，盯住他不放，他就是最好的提醒。那个美丽年轻的黑妞奥利维亚怎么可能爱这个老头呢？这个老头对于小妞只是一张机票和一个签证，也许还有钱包、账户、卡地亚手表。这个国家的人都没羞，为了逃避贫穷和饥饿什么都可以忍着恶心、捏着鼻子去吞咽，把这吞咽叫“爱”。她苏安·梅可不要让人忍着恶心、捏着鼻子吞咽，把它也叫作“爱”。就像那束情人节花束的卡片上写的一样。

阿吉波拉在嘟嘟囔囔地表达什么。所有人都在祝福：让苏安·梅好好享一回艳福吧。阿吉波拉的表达苏安·梅一句也没听进去，她就是盯着纽约人锃亮的秃顶旋过来转过去。

阿吉波拉在表达他多么欣赏她的蓝眼睛、粉红的大脸蛋、圆滚滚的短腿短胳膊，以及她天使一样天真的神情。其实他说的全是真心话，他真心喜爱长着蓝眼睛身段肥胖的苏安·梅，尤其她的“莫勒发”让他醉心极了。这么多天看下来，苏安梅是他见过的最可爱的女人。假如人们这时仔细看一看阿吉波拉的眼睛，一定会相信他是真的，他和奥利维亚绝不是一回事。但没人看他，隔着种族，就是看也看不懂。种族的差异能使人把苏安·梅看得很美，也能把真心的阿吉波拉看得很投机、很功利，看成个骗子。男人们能对苏安·梅这样的女人做什么呢？只能抢她的汽车。苏安·梅坚定地相信这一点。

突然阿吉波拉的糟糕英文形成了意义，“嫁给我吧。”他说。

人们只见苏安·梅往后一躲，然后温柔的她变得极其暴虐，常常绯红的脸蛋变得苍白，甩起短胖的胳膊掴在阿吉波拉脸上。

苏安·梅轰轰隆隆地快步走过木板舞池，消失在门外。阿吉波拉跟了几步，但很快就慢下来。他在门口停立了很久，背冲着白种舞者们。

阿吉波拉哭了。

那个新来的年轻官员看见的。

严歌苓

1958 年生于上海，作家。好莱坞编剧协会会员。
曾为部队文工团舞蹈演员、战地记者。
1988 年入美国哥伦比亚大学。获艺术硕士及写作 MFA 学位。
现旅居柏林。

代表作品

长篇小说

《老师好美》
《妈阁是座城》
《补玉山居》
《陆犯焉识》
《金陵十三钗》
《赴宴者》
《寄居者》
《小姨多鹤》
《第九个寡妇》
《雌性的草地》
《一个女人的史诗》
《无出路咖啡馆》
《心理医生在吗》
《扶桑》
《霜降》

中短篇小说自选集

《少女小渔》
《天浴》
《穗子》
《白蛇》

微博 http://weibo.com/yangeling
博客 http://blog.sina.cn/yangeling

果麦 更好的精神食粮

吴川是个黄女孩

产品经理｜陈　曦　　封面设计｜王　雪
责任编辑｜张　璐　　媒介推广｜王跃红
助理编辑｜周　颖　　出 品 人｜瞿洪斌

新浪微博：@果麦文化　微信公众号：果麦文化

图书在版编目（CIP）数据

吴川是个黄女孩 / （美）严歌苓著. -- 天津 ：天津人民出版社，2015.11（2016.1重印）
ISBN 978-7-201-09833-3

Ⅰ.①吴… Ⅱ.①严… Ⅲ.①中篇小说－小说集－美国－现代②短篇小说－小说集－国－现代 Ⅳ.①I712.45

中国版本图书馆CIP数据核字(2015)第253366号

天津人民出版社
出版人：黄沛
（天津市西康路35号　邮政编码：300051）
邮购部电话：（022）23332469
网址：http://www.tjrmcbs.com
电子信箱：tjrmcbs@126.com
北京汇林印务有限公司印刷　新华书店经销

2015年11月第1版　2016年1月第2次印刷
880×1230毫米　32开本　6.5印张　2插页
字数：115千字
定价：32.00元